竜の卵を拾いまして　1

登場人物紹介
竜使い
竜に選ばれ、竜と共に生きる
契約を交わした人々。
シウマ
アウラットと契約している火竜。
明るくてさっぱりとした性格。
シェイラ・ストヴェール
ストヴェール子爵令嬢。
おっとりと控えめで流されやす
いが、竜に関してだけは頑固。
幼い頃より竜を愛している。
卵から現れたココを、親代わり
として育てることに。
ココ［人型］
ニワトリの卵にまじっていた卵
から生まれた火竜の子供。シェ
イラに懐いている。元気いっぱ
いで好奇心旺盛。
ココ［竜型］

カザト
風竜。以前、人間と恋に落ちたことがある。
クリスティーネ
ジンジャーと契約している水竜。おっとりした性格で、洋服嫌い。
ユーラ・ストヴェール
シェイラの妹。元気で華がある、姉思いの少女。
アウラット・ジール・リエッタ
ネイファの第二王子。ソウマと契約した竜使い。
レイヴェル
シェイラの祖母。山奥でひっそりと独り暮らしている。
ジンジャー・クッキー
クリスティーネと契約した竜使い。竜の研究者達のまとめ役で知識人。

目次

広場に詰めかけた大勢の人が、そろいもそろって空を仰《あお》いでいる。

歓声を上げる人、手を組んで祈る人、口をぽかんと開けて呆《ほう》けている人。

その生き物を見た誰もが魅せられ、ただ一心に雲一つない空を見つめていた。

「お父さま、あれはなぁに？」

珍しい白銀の髪をした少女が、興奮のあまりに頬を赤く染めながら空を差す。

五つか六つの年頃の少女は広げた両手をうんと伸ばして、その生き物の纏《まと》ったきらきら光る鱗《うろこ》に触れようとしていた。

どう考えても届かないその距離なのに、飛び上がってまで必死に触れようとする少女を、周囲にいる見知らぬ大人たちも微笑《ほほえ》ましそうに見守っていた。

赤い生き物が頭の上を行き過ぎて、青色の生き物が近づいてきたとき、彼女の傍《かたわ》らに立つ父が言う。

とても懐かしいものを見るかの様な、優しい目をして。

「あれは竜だ、シェイラ」

「竜……」

シェイラと呼ばれた少女は薄青の瞳を瞬かせ、父の言葉を呑《の》み込んだ。

そしてそれを理解すると、みるみる間に幼い表情は輝き出した。

彼女は父の手を引き、弾《はず》んだ声を上げる。

「あれが竜？　えほんで見たわ！　でもあんなにキラキラしていなかったわ。それに、えほんよりずっとずっと大きい！」

「本物の竜の美しさは、どんな絵師にも描けない。綺麗だろう？」

「……ええ、とっても。とっても綺麗！」

大きな大きな大きな体、きらきらに光る鱗を纏った聖なる生き物。

『竜』という言葉はよく耳にするけれど、しかしこうやって実際に見て初めて、その素晴らしさを知った。

とても美しいその姿に、少女はどうしようもなく焦《こ》がれてしまう。

どきどきと高鳴りだした心臓の鼓動が止まらない。

夢中で空を仰ぐ娘を、嬉しそうに、でも少し複雑そうに見ている父の視線に、その時の彼女はまだ気付けなかった。

竜の卵を拾った日

まだ多くの人も動物も、深い眠りについている早い時間のこと。

「まいど。またよろしくお願いしますね、お嬢さま」

「ええ、いつもご苦労さまです」

ストヴェール子爵《ししゃく》家にある厨房の勝手口では、馴染《なじ》みの卵売りと屋敷の主の娘であるシェイラのそんなやり取りが交わされていた。

代金と引き換えにかごを卵でいっぱいにして貰《もら》い、卵売りを見送ったシェイラは、戸を閉める前にふと空を仰ぐ。

今朝の空気はとくべつに澄んでいて、心地が良い。

そして東の空の低い位置に見えるまだ昇り始めたばかりの太陽の光が、何だかずっと浴びていたいくらいに優しく感じた。

季節は秋。色づき始めた木々が人の目を楽しませ、落ちる木の葉に心を奪われる時期。

「…………」

薄暗い空と景色をぼんやりと眺《なが》める彼女は、その静かな朝の空気に誘われて口元を綻《ほころ》ばせながら目をつむり、ゆっくりと深呼吸を繰り返す。

背中の中ほどまで真っ直ぐに伸びる白銀の髪が、風に揺らされさらりと流れていた。

山もりの卵と一緒にしばらくその場にたたずんだあと、瞼《まぶた》を上げて、ぽつりと呟《つぶや》く。

「……ご飯、作らないと」

厨房に戻って買ったばかりの卵の入ったかごを台に置くと、北の地方の生まれである祖母から受け継いだ珍しい色のその髪を、幅の広いリボンで一つに束ねる。

そして普段着用の簡素なドレスの上から、フリルのついた白い綿のエプロンを着た。

炉《ろ》を覗《のぞ》きこみ火の加減を確認して、気合を入れて手を胸の前で握りこむ。

「よしっ」

ストヴェール子爵家では、十日に一度ほど雇っている料理人を休ませて、長女のシェイラが厨房に立ち家族の食事を作るのだ。

それはお菓子作りや料理が好きな彼女が、おいしいと家族に褒《ほ》めてもらえることが嬉しくて、自発的にやっていること。

シェイラは置いていたかごを引きよせ、ニワトリの卵を手に取った。

「あら、まだ少し温かい。生みたての新鮮なものを持ってきてくれたのね」

食材の鮮度の良さに気分は上がる。

木製のボールの縁に卵を当てて亀裂《きれつ》を入れ、片手で簡単にリズムよく次々と割っていく。

殻《から》をひとかけらも紛れさせずに手際よく動かすその所作が、彼女の料理の腕前を表していた。

「今日は特製オムレツにしましょう。あとはスープとパンでいいかしら。うーん……それとももう一品用意するべき？」

また一つ卵を掴《つか》んで、シェイラはそんな独り言を言う。

人気《ひとけ》の無いしんと静まり返った中では、小さな呟きさえもやけに大きく響いて聞こえた。

卵で作ろうとしているのは、細かく切った野菜を混ぜた、大皿から溢《あふ》れるほどの大きさのオムレツだ。

個々に分けて作るよりも手間が少ないし、何より他では見られないほど大きなオムレツは見た目にも楽しい。

昔なんとはなしに作ってみた特大オムレツは、今ではストヴェール子爵家で頻繁《ひんぱん》にだされる大人気の朝食メニューになっていた。

（父様と母様はしばらく領地に出かけていて留守だから、今日はジェイクお兄様とユーラと私の三人分。六個も使えば十分ね）

シェイラの故郷でもあるストヴェール子爵家の領地は、北の地方にある。

農業と放牧が盛んな平原が続く土地で、本邸《ほんてい》もそこに置いてあった。

しかし主である父が王の召集《しょうしゅう》により、一昨年からの数年間を王城で勤めることになった。

地方の貴族達をこうして国政に関わらせるのは、より広い意見を取り入れようとする国王の方針だった。

父が王城で役職についている間、領地の管理を任せることにした長男以外の家族は、王都にある別邸のこの屋敷に住んでいる。

そして今回、父が長期休暇を取れたことを機会に、父と母は一時的に領地の様子を見にストヴェールへと帰っていた。

今この王都にある方の家に残っている家族は、次兄のジェイクと妹のユーラとシェイラの三人だ。未《いま》だベッドの中で眠っているだろう彼らの顔を思い浮かべながら、シェイラは慣れた手つきで次々と卵をボールへ落としていく。

――――ゴンっ!!


「……え?」

ボールの角に当てて亀裂を入れようとした卵が、有り得ない鈍《にぶ》い音を出した。

シェイラは驚いて手の中の卵に目を落とす。

「なんだか重いし……熱い……?」

よくよく確認してみると、他の卵とは見た目は同じでも重さと温かさが違った。見ると卵の中にはみっちりと固形物が詰まっていたようで、割るためにボールの縁にぶつけたのだから、当然おおきな亀裂が入っていた。

(新鮮な卵だと思っていたのに、もしかして日がたっているものも混ぜて売られてしまったのかしら。凄い音がしたし……。っ、もしかして雛《ひな》をこ、殺してしまったかしら……)

命を奪ってしまったかもしれないことに青ざめた直後、わずかに卵が震えたのに気付いてほっと胸をなでおろす。

「……生まれ、そう?」

もともと生まれる直前だったのか、シェイラが乱暴にしてしまったせいなのかは分からない。

けれど今手の中にある白い卵の中からは、パリパリと小さくくぐもった音が聞こえた。

殻を通して、手のひらに振動が伝わってくる。

じっと観察してみると、中の生き物が徐々に小さな亀裂を大きく広げていっているようだ。

「こういう時って動かしてもいいのかしら」

シェイラがどうしようかと悩んでいる間にも、手のひらの上にぽろぽろと殻ははがれ落ちていく。

「あ」

殻に穴が開き、すぐに二つに割れた。

おそらく雛だと思われるものが、割れた卵からはい出してきた。

それを見たシェイラは、内心の困惑そのままに眉《まゆ》をさげる。

「ニワトリの雛ではなかったの？」

手のひらサイズの白い卵。どこからどう見てもニワトリの卵。

卵売りもニワトリの卵として売っていたのだ。

だから生まれてくるのは、もちろん黄色い毛をまとった小さな鳥の雛だと思っていた。

なのに卵の中から出てきたのは、赤くて小さなトカゲのような生き物。

（トカゲにしてはやけに丸々としていて、よく見ると背中には小さな蝙蝠《こうもり》みたいな羽まであるし……）

頭部の両脇から生えるのは、シェイラの小指の爪ほどの大きさもない乳白色のツノ。

さらに指先に生えた尖《とが》った爪に気が付けば、この国に生まれ育った者ならこれが何なのか嫌でも分かる。

「…………竜？」

シェイラの口から出たのは疑問形だったけれど、間違いなくこの生き物は竜の幼体《ようたい》だ。

このネイファの国では、竜は人々の崇敬《すうけい》を集める存在。

絵物語や壁画などで幼いころからどんな姿かは知っているし、遠目からだがシェイラも実際に見たことがある。

ただ憧《あこが》れられるだけあって、どこにでも居る生き物では決してない。もの凄く貴重な種族だ。

(どうしてニワトリの卵と一緒に混ざっていたのかしら)

混乱のあまり固まってしまっている間に、艶《つや》のある赤いうろこに覆われた竜がシェイラの手の中でころりと転がって仰向《あおむ》いた。

どうも寝返りがうまくいかないみたいで、手足を必死に動かして足掻《あが》き続けている。

さながらひっくり返った亀のような動きをする手の中の生き物を、シェイラは呆然と見下ろした。

『全身赤色に見えたけれど、お腹の部分だけは白色なのね』なんて、どうでもよいことを思うくらいには動揺している。

少しのんびりしたところがあると指摘されることのある彼女は、こんな時も反応がゆっくりだった。

……竜は人と共存なんてしない。

そもそも人間などに興味を示さない。

彼らは山や谷の奥深くの竜の里で、ひっそりと生きている。

だからこそ人間からすれば滅多《めった》に見られない貴重な存在になりうるのだ。

（何をどう間違えたって、ニワトリの卵と一緒に売られていたなんておかしいわ。そんなの聞いたことないもの）

唯一、竜と心を通わせることの出来る例外が、竜に選ばれ、竜と共に生きる契約を交わした竜使いと呼ばれる人たち。しかし彼らはシェイラのような普通の人間から見れば雲の上の人。

竜使いとして有名なのは現王家の王子様や、王家専属騎士団の団長、高名な学者など。

国の頂点近くに立つエリートばかり。

公《おおやけ》にされていない一般人の竜使いは他にもいるのだろうけれど、名を聞くような者はみな何か凄い役職を持っている。

シェイラのような普通の人が竜を見る機会は、それこそ年に一度ある春節《しゅんせつ》の祭りの時に、空を飛ぶ豆粒大のものを地上から眺めるくらいしかない。

それなのに。

ただ子爵位をもつ貴族の娘という程度の肩書しかないシェイラなんかが、一生関わるはずのない希少種《きしょうしゅ》の竜が今、手の中で孵《かえ》ってしまった。

これは相当な大ごとなのだと、混乱から立ち直りかけているシェイラにもやっと理解が出来た。

「どうすればいいのかしら。えぇーっと……」

とにかく、竜なんて希少なものを持っていたってどうしていいか分からない。

（飼うなんてとんでもないことは出来るはずもないし）

なぜなら竜は大人になれば全長二十メートル近く。

大きい個体だと三十メートルほどにもなるはずだから。

子爵家でどうにか出来るような大きさではない。

庭には入るだろうけれど、自由に駆け回らせるのはさすがに難しいだろう。

「大きさ以前に、赤い身体《からだ》からしてたぶん火を操るという火竜《かりゅう》だものね。火を使ってうっかり屋敷を燃やされでもしたら大惨事だわ」

たとえこれが水を操る水竜《すいりゅう》や、風を操る風竜《ふうりゅう》、植物を操る木竜《もくりゅう》だとしても同じこと。

竜がもつ強大な力を発揮されれば、この家の家族や使用人では止めることは難しい。

大きさも、力も、そして貴重さも、竜がもつもの全てがけた外れすぎる。

この竜の子をストヴェール家で飼うことは、何をどうしたって不可能だ。

「お父様もお母様もいないし誰かに相談……。っ、そうだわ。王城に届けましょう。王城には竜の扱いに長《た》けた竜使い様が居るはずだもの」

竜使いはもちろん、竜に関する研究者なども集《つど》っているはずで、城にいる彼らに任せればどうにかなるだろうとシェイラは思った。

「たとえ直接、竜使い様に会うことが出来なくたって、王城で保護していただけるはずだわ」

国は竜を大切にしている。

このネイファは、世界で唯一の竜と人間が共存する国なのだ。

迷子の竜の子なら手放しで受け入れてくれるだろうし、もし城での保護が出来なくても、竜の里へ連絡を取って貰って親竜を探すなど何らかの対応はしてもらえるだろう。

「きゅっ？」

手の中の生き物を手放すことをシェイラが決めた途端。

竜の子が初めて小さく鳴いた。

可愛い産声《うぶごえ》に思わず見下ろすと、零《こぼ》れ落ちそうなほどに大きくてつぶらな赤色の瞳を潤ませて、シェイラの顔をじっと見つめている。

いつの間にか寝返りに成功していたようで、四肢《しし》は手のひらに付いていた。

「そ、そんな目で見ないで。お願いだから。別にあなたを捨てようっていうのじゃないのよ。しかるべき場所に届けてあげるだけだから、ね？」

通じているかどうか分からないけれど、シェイラは慌《あわ》てて説明をした。

生まれたばかりなのだと思えば、自然とまるで人間の赤ん坊か子猫にでも話しかけているみたいな甘さをふくんだ声音《こわね》になってしまう。

その優しい声に安心したのか、竜の子はまた「きゅっ！」と一声鳴いて、全身をシェイラの手のひらへと擦《す》り付けて甘えるようなしぐさをする。

「きゅっ、きゅ！」

「うぅっ……」

さらに上目使いで見つめられれば、可愛いものに目がない年頃の少女がときめくのは当たり前。こてんっ、と小首を傾《かし》げる仕草に心臓を撃ち抜かれ、大きな瞳を瞬きさせる仕草に見惚《みほ》れてほぅとため息が漏《も》れてしまう。

次にこの子は何をするのだろうかと考えれば、もう目を離すことが出来なくなる。

シェイラはついつい口元をにやけさせながら、手のひらの上に乗る竜の子とひたすらに見つめ合い続けた。

「きゅう？」

「…………」

「きゅー、きゅ」

「……」

「きゅっ！」

「っ……。だ、駄目だわ。駄目。駄目よ」

かぶりを振って繰り返しつぶやく。

無垢《むく》な子供の視線ほど心臓に悪いものはないなと、シェイラは痛感した。

「きゅ？」

「……本当に、私の手に負えるものではないもの。あなたはね、とっても大切にされて育つべき存在なの。それくらいに凄い存在なのよ。ここでは幸せにはなれないわ。だから、残念だけれど……お別れ、ね」

言ったことを、おそらく分かってくれてはいないのだろう。

きょとんと小首を傾げている竜の子の反応に小さく笑いを漏らし、シェイラは城へと届ける準備を始めることにした。

まず手でそのまま持って城へ運ぶのもはばかられたので、とりあえず行楽へ出かけるときに使っている籠《かご》にクッションを敷く。

「ここへ入っていてくれる？」

すくい上げた火竜の子を、そっとクッションの上に乗せた。

「準備をするから、少しだけ待っていてね」

「きゅっ」

「う……」

籠の中でふわふわのクッションに埋もれ、きゅうきゅうと鳴くその姿はたまらない。

シェイラは竜の子に少しだけ待っていて貰い、人目に付きにくい隅に籠を移動させてから大急ぎで朝食の用意の続きを始める。

オムレツを絶妙な焼き加減で焼き、スープを仕上げ、パンと果物を切って盛り付けた。

手の込んだ料理は無かったから、そわそわと落ち着きのないような状態でも経験と勘で何とかなった。

その後は自分付きである年若の侍女を呼び、身だしなみを整えて貰う。

彼女はシェイラの髪を結いながら、不思議そうに尋《たず》ねた。

「お嬢様。こんな朝早くに、どちらへお出かけなのですか？」

何の予定もなかったはずが、突然外出をすることになったから、不思議に思われるのは当たり前だろう。

「王城よ。突然用が出来てしまって」

「お、王城ですかっ⁉」

予想していなかったらしいその場所に、彼女は慌てた。

すぐに顔を青ざめさせて悲鳴交じりの声を上げる。

「大変！　何も準備しておりませんわ！　どうしましょう！」

「だ、大丈夫よ。別にパーティーやお茶会に行くわけでも無いのだから。本当に大した用ではないし、すぐに帰って来るわ」

「そ、そうですか？　あぁぇぇっと、と、とにかく失礼の無いよう、淑《しと》やかな装いでいきましょう」

シェイラの白銀の髪はきちんとまとめられ、そこへ銀細工でできた髪飾りが飾られる。

短時間での準備にもかかわらずサイドに細かな編み込みが施《ほどこ》されているあたりに、侍女の努力が感じられた。

選んだドレスは淡いクリーム色。スカート部分がフレアーになっている。

装飾を控えめにして清楚《せいそ》さを出しつつも、動くたびに揺れ広がるフレアーな裾《すそ》でかわいらしさのある印象をあたえるのが、最近流行《はや》りのデザインとなっている。

母いわく北の地方の血が混じっているシェイラは、髪も白銀ならば瞳も北の地方に多い薄い青だった。

顔のつくりも薄く、印象に残りにくいためか、原色の服だとどうしても浮いてしまう。

だからこういった淡い色彩のものを身にまとうことが多いのだが、この見た目はシェイラ自身にとってはあまり好ましいものではなかった。

侍女が頑張ってくれただけあって、今回も年相応に上品な淑女《しゅくじょ》たる恰好にはなっている。

(でもやっぱり、全体的にぼんやりと薄くて不健康そうに見える気がするわ)

鏡にそんな自分を映して眉を寄せる。

無い物ねだりだとは分かっているけれど、色鮮やかに輝く華やかな女性に憧れてしまうのだ。

せめてもう少し明るい雰囲気を出せないものかと思いつつ、王城に行っても大丈夫な状態かどうかをチェックしながら、シェイラはまだ寝ている兄妹《きょうだい》たちを想う。

(ジェイクお兄様とユーラが起きてくるのを待って相談してもいいかもしれないけれど。でもユーラが竜を見れば、それはもう騒ぎ出すに決まっているものね)

兄は穏やかな性格だけれど頼りになる存在だ。

そして妹は何にでも興味を抱くはつらつとした子。

好奇心旺盛な彼女に見つかれば、竜の子は確実におもちゃにされるだろうから。

そのまえに、この幼い竜を安全なところへ連れて行かなければという結論に至った。

だから侍女に出かける旨《むね》の伝言だけを頼むことにして、兄妹たちが起きる前に急いで、けれど極力物音を立てないようにそっと、屋敷を飛び出した。


「……いつ来ても大きいわ」

「シェイラお嬢様、本当にお付きの者は必要ないのですか？　王城に侍女も護衛もお付けにならないでいらっしゃるなんて……」

星空の門と呼ばれる王城の東に面した門の前に、竜の入った籠を抱いたシェイラは立っている。

ここまで連れてきてくれた馬車の御者《ぎょしゃ》が、戸惑《とまど》いながら声をかけてくれた。

「心配ないわ。しばらく城の馬車乗り場で待っていてくれる？」

「そうですか……。まぁ、シェイラお嬢様がこんなことをされるのは珍しいですし、きっと大切な御用なのでしょう。分かりました。お気をつけていってらっしゃいませ」

御者が来客用の馬車乗り場へ向かうのを見送ったあと、シェイラはまた王城の方へと振り返る。

ここへ来たのは、王城で開かれた国王主催の夜会に二、三回出席したときくらい。

まだ社交界デビューして一年目のシェイラには、大きくて荘厳《そうごん》な王城には馴染みが少なかった。

あまり来たこともないようなところへ、幼いころから見守ってきた令嬢が一人で入っていくと言うのだから、御者の男が心配するのも理解できた。

「どうせこの子を預けたら直《す》ぐに帰るのだもの。護衛が必要なほどの用事でもないわ」

星空の門の正面広場や王城内の国立図書館は一般開放されているから、足を踏み入れることは問題ない。

門番に会釈《えしゃく》をして門を通って、その脇にある受付になっている小屋の窓口へと向かった。

「あの。よろしいでしょうか」

「はい。何のご用でしょう」

そこに立っていた衛兵は、シェイラの身なりから貴族の地位にいる人間だと察してくれたのか、彼女への当たりは柔らかかった。

（よかった……）

シェイラはほっと息を吐《は》く。

この丁寧な感じの男なら、場に不慣れでも気負うことなく話が出来そうだ。

「竜使い様かそれに近い方にお会いしたいのですが」

「竜、使い……ですか。失礼ですがお名前と要件をお伺《うかが》いしても」

「はい」

頷《うなず》くと、左手で籠を持って右手でスカートのすそを摘《つ》まんでわずかに腰を落とす。

「ストヴェール子爵家の娘のシェイラと申します。竜使い様にお会いしたい理由は、その……」

視線を伏せて口ごもるシェイラに、門番は何かを思ったようで、丁寧ながらも少しきつい口調になる。

「失礼ですが、竜使いにお目当ての方でも？」

「え？」

「いいえ、竜使いの方々は相応の役職に就いていらっしゃるためか、押し掛けてくる令嬢がたまにいらっしゃるもので。今は皆様勤務中ですから、あまり不謹慎な理由でのお取次ぎは出来かねますが」

「え、あっ！　ち、違います！　そういうのでなくて、この子のことです」

（追い返されてしまっては、王城まできた意味がないわ）

しかもこの竜をここで保護してもらえなければ、他に渡す当てはなく途方にくれるのは分かっていた。

だから余計に追い出されるわけにはいかなかった。

シェイラは慌てて籠を門番に見せた。

籠を突き出す少女に首を捻《ひね》りながらも、衛兵はその中を覗き込む。

「……って、これっ…！」

目を丸くさせて驚愕している衛兵に、頷いて見せる。

「はい、竜の子だと思います。偶然拾って？　……しまって、どうするべきかと思ってこちらへご相談に伺ったのです」

「拾って、ですか。何故そんな事に……いや、えぇっと。とにかく承知いたしました。そしてご無礼な発言をしてしまい、申し訳ございませんでした」

「いいえ、お気になさらず」

もとはと言えばシェイラが曖昧《あいまい》な態度をとっていたのも悪いと思うので、特に怒りは湧いていなかった。

「竜使い様にまでは分かりませんが、責任者の方にお取次ぎをいたします。私がご案内しますのでこちらへ」

「よろしくお願いいたします」

頭を下げて、衛兵に案内されるままに付いていく。

一般開放されている正面の広場を抜け、左手の建物に案内される。

磨《みが》かれた艶やかな白い壁に、金の装飾がいたるところに施された豪奢《ごうしゃ》な城内、連れられるままに渡り廊下を三つほど渡り、何度も曲がり角を曲がった。

飾られた絵画や彫刻品に圧倒されながら、二十分ほどかけてたどり着いたのは庭園。

花々が美しく咲き誇《ほこ》るその庭は、一面に芝生《しばふ》が植えられていて、まるで自然にできた花畑のようにも思える。

しかしあつらえられたガーデンテーブルやベンチ、おそらく人工的につくられただろう形の綺麗すぎる小さな小川から、庭師が作り上げた花園《はなぞの》なのだと認識させられた。

「少し、お待ちいただけますか？」

「はい」

背の高い植物も多いため、衛兵の姿はすぐに死角に入って見えなくなった。

ぼんやりと立って花園を見学していたけれど、籠の中の竜が何やら鳴き声を上げたのでそちらへと目を向ける。

「きゅ…ぅきゅー…」

「……？　どうしたの？」

なんだか悲しげな鳴き声だ。

「大丈夫。何も心配する事なんてないのよ」

シェイラは励ましの意味を込めて、首筋を指で撫《な》でてやる。

しばらくそうしていると、竜の子の赤色の目がとろりと揺れた。

よく見ると爬《は》虫《ちゅう》類《るい》系の生き物によくある縦に瞳孔《どうこう》が入った目をしていた。

竜の子が眠たそうに瞼を半分ほど落とすと、瞳に影が落ちる。

(眠たくてぐずっていたのかしら)

くるりと丸まって尻尾を抱きしめるような体勢でうつらうつらしている竜に、思わず笑みが漏れる。

そうして竜を見守っているところへ、衛兵が戻ってきた。

「お待たせいたしました。シェイラ様」

「いいえ」

戻ってきた彼を見上げると、後ろには背が高く鮮やかな赤い髪の男の人を連れていた。

年のころは二十代後半か、ひょっとすると三十歳くらいの、大柄な男だ。

（庭師か…下働きの使用人さんかしら……）

シェイラがそう思ったのは下衣《ズボン》もシャツも簡素なものだったから。

王城に出入りする高い地位の貴族にしては彼の身なりは合っていない。

しかしそれでもこの場で許されているのだから、汚れても構わない職務に就いている人だと想像したのだ。

（恰好だけ見れば下働きの人間だけれど。でもなんとなく……？）

シェイラはその違和感に首をかしげる。

何よりも異彩を放つ風貌《ふうぼう》が、普通の人とはかけ離れていた。

一般的に赤毛と呼ばれるものは、赤みを帯びた茶髪を指す。

けれど彼の髪は本当に鮮やかな赤で、まるでよく熟《う》れた林檎《りんご》のようだ。

瞳は髪よりも深い色で、その瞳がシェイラを上から下まで眺めてから何故か細められた。

シェイラはその威圧感のある視線に緊張をしつつも会釈を返す。

赤髪の男を連れた衛兵がシェイラの目の前に立ち、手を建物の方へ向けて促《うなが》すような動作をし

た。

「火竜のソウマ殿とアウラット王子がお会いになるそうです」

「…………アウラット王子殿下…ですか…?」

「ええ、王族ながらも竜と契約した竜使いでもあられます」

「あっ、あの。そんなに大それたお方で無くても……。竜にかかわる関係者であるならばどなたでも」

「緊張されるのは分かりますが。こちらのソウマ殿が望まれていることですので」

「こちらの……?」

申し訳なさそうに言う衛兵の台詞《せりふ》に、シェイラは驚いて彼の後ろにいる赤髪の男を見る。

「火竜……ソウマ様……?」

どこからどう見たって人間の、この男を衛兵は火竜だと言った。

火竜ソウマと言えば、国の民ならだれでも知っている。

第二王子アウラットと契約したことで名高い竜だ。

驚きを隠せないシェイラの反応に、ソウマは面白そうにクッと喉の奥で笑う。

「お嬢さん……シェイラだったか？　人型に変化《へんげ》した竜を見るのは初めてみたいだな」

「あ……人型どころか、竜に直接お目見えするのも初めてです。春節の祭りの時の催しで、空を飛ぶのを拝見したことはありますが……」

ソウマの問いに答えながら、シェイラは我に返って青ざめる。

アウラット王子に一番の信頼を得る火竜に、会釈だけのあいさつで済ませてしまった。

装飾の少ない簡易な服装から、衛兵と共に案内をしてくれる使用人だと思ってしまっていたのだ。

普通は身分の低い方から名乗るものだから、それが正解だと思っていた。

シェイラは慌てて、スカートの裾を持って丁寧にあいさつをしようとする。

「おぉっと、待った待った。俺は堅苦しいのは嫌いでな。気を使わないでいい」

「で、でもっ……」

「それより早くアウラットのところへ行かないか。そのチビっ子竜のこと、詳しく話してくれ」

「……わかりました」

きちんとしたあいさつをさせて貰えないのは心苦しい。

何よりも礼儀と格式を重んじる貴族社会で、一番基本的なあいさつを軽視するなんて今までのシェイラの感覚ではありえなかった。

けれど相手は竜。しかも自国の王子が信頼を向けるほどの。

シェイラは恐縮しつつも、彼の言葉に大人しく頷いた。


衛兵に案内されて火竜のソウマとともに再び廊下を進みたどり着いたのは、それまで通ったどの扉よりも大きな両開きの扉だった。

一目で『偉い人がいる』部屋なのだと分かってしまう重々しい外装に、無意識に緊張して息をのむ。

固まってしまったシェイラの背に、大きな手がそっと当てられた。

「っ……？」

見上げてみるとソウマだった。彼は歯を見せてにっと笑う。

「心配しなくても大丈夫だって。アウラットは気安い奴だから」

励ましてくれているのだと分かった。

そしてどうしてか、彼の屈託《くったく》のない笑顔に絆《ほだ》されたのか、気が付くと肩の力は抜けていた。


「シェイラ・ストヴェールと申します」

「アウラット・ジール・リエッタだ」

部屋を守る衛兵に開けて貰った扉の先に居たのは、黒髪を後ろへ撫でつけた、灰色の瞳を持つ二十代半《なか》ばの男性。

背は高くも低くもなく、容姿も美しいとも醜《みにく》いとも言えない。

しいて言えば、どこにでもいる普通の青年だ。

しかしさすがにシェイラも、自分が生まれ育った国であるネイファの王子の姿くらい知っている。

何よりも真っ直ぐに背筋をのばした堂々とした立ち姿には気品があるし、柔らかく微笑む笑みのなかにも隙《すき》の無さがうかがえる。

身に着けている衣服はもちろん、指輪や首元のスカーフに添えられた飾りの宝石も、全て一級品。

生まれも育ちも『王子様』なのだと、誰が見ても納得できた。

アウラットは座っていた椅子から立ち上がると、ソウマの後に続いて入室したシェイラの前に立った。

シェイラの全身を興味深そうにじろじろと見ていたかと思えば、口元に指を当てしごく真面目な顔を作る。

「ソウマが女性を連れてくるとは……。はっ！　もしかして婚約の報告にでも来たのか！」

「ちげーよ。どうしてそうなるんだ」

ソウマの突っ込みに、真面目を装っていたアウラットの顔がとたんに崩れ、悪戯《いたずら》っ子のような屈託のない笑みが浮かんだ。

「お前がわざわざ私の元に女性を連れてきたんだ。しかも普段は関わろうともしない人間の女性だぞ？　これは何か重要な報告だと思うのは当然だろうが」

軽口にソウマが呆れたようにため息をつく。

「重要は重要だが、方向性が違う。これ、この籠の中見てみろ」

「籠……？」

ソウマに言われて、アウラットは初めてシェイラの持つ籠の存在に気が付いたらしく、さらに一歩歩を詰めた。

「あのっ、この子……なのですが……」

シェイラは慌てて籠の中がよく見えるように、前に突き出してみせる。

アウラットがそこを覗き見ると、とたんに彼の瞳が驚きに瞬いた。

「っ……火竜の、子…？　ずいぶん小さいな」

「あぁ。俺もさっき見て驚いたが、生まれてそう日はたっていないだろう」

「今朝孵《かえ》ったばかりです」

「今朝、だと？」

籠の中を見るアウラットの表情が真剣味を帯《お》びたものへ変化した。

竜の子は気持ちよさそうに身体を丸まらせて眠っている。

「ソウマと彼女の子供ってことは……」

「あ、ありえません」

「アウラット、いいからそっち方面の話題から離れろ。――――ったく、聞いた限りでは拾ったってことなんだが」

「拾った？　竜の子をか？」

「はい。あ、いえ……拾った……と言うか。えっと、買った？　の方が正しいのかもしれませんが」

「どういうことだ。竜の卵なんて、その辺に落ちているはずも売っているはずもないだろう。おい、ソウマ」

「詳しいことは俺もまだ聞いてない。二度手間になるだろうからアウラットと一緒に説明を聞こうと思ってな。だから連れて来たんだろ」

「へぇ。……どうやら本当に不測《ふそく》の事態が起こっているようだな」

アウラットは口元に手をやり考える風なそぶりをした後、顔をあげてシェイラに向かって微笑んだ。

「シェイラ・ストヴェール嬢、よくよく話を聞かせてもらおうか」

「は、はい。畏《かしこ》まりました、アウラット王子殿下」

立ったままだったシェイラを、彼はその部屋の奥にある扉の向こうへと誘う。

見渡すと、この部屋にはいくつかの扉がついていた。

どうやら今シェイラ達のいる室《しつ》は、アウラットが使用する数ある部屋の各々《おのおの》へとつながる中間地点のようなものらしい。

応接用のテーブルとイスが一セットの他は絵画と幾《いく》つかの調度品しかない。

王子が使うにしては質素すぎる場なのは、ここが腰を落ち着けるために使われることはめったにないという証拠なのだろう。

十数個もある扉のうち、ある一つの扉の取っ手に手を掛けながら、アウラットはシェイラを振り返る。

彼は王子様らしいさわやかな微笑みをたたえていた。

「ちょうど良い時間だ、朝食を食べながら話をしよう」

開かれた部屋は、二十人程度が掛けられるだろう大きなダイニングテーブルが置かれた部屋だった。

いつでも客人を迎える準備はしているようで、中に控えていた給仕や侍女達が次々と頭《こうべ》を垂《た》れる。

(そう言えば家で食べてこなかったわ)

作るだけ作って食べてくるのを忘れてしまうくらい慌てていた。

気付くと同時に胃をくすぐる香ばしい香りに刺激され、シェイラは素直に頷いた。

「なるほど、卵から」

「はい、卵から」

「卵からか……」

シェイラの話を聞き終えた直後、三人はそろって目の前にあるデザートのプディングを見下ろした。

材料は、卵。

丁寧に濾《こ》したのだろう、なめらかな舌触りに絶妙な甘さ。

鼻から抜けるバニラの香りだけで満足なほどの、さすが王城の料理人が作るだけある代物だ。

「……ずいぶん幸せそうに食べてくれるのだね」

アウラットがくすりと笑いを漏らす。

その言葉に、緩《ゆる》みきった顔をしてしまったことに気付いたシェイラは頬を赤らめた。

「すみません……」

「いいや？　それだけ食事を楽しんでもらえれば料理人も喜ぶだろう。……さてシェイラ。話を変えるけれど、君は今の事態がどんなに奇異なことか分かってはいるかい？」

シェイラはプディングを掬《すく》う手を止めて首をかしげた。

「ニワトリの卵の中に竜の卵が紛れていたのは確かに奇異ですよね」

「私が言いたいのはそれとは少し違う」

「……？」

理解できないシェイラへ、ソウマが補充の説明をしようと口を開く。

「人の居る場所に竜の卵が出現したこと自体が、おかしなことなんだ。竜が里から出ることを許されるのは成体《せいたい》になって一人前の力を得てからだ。卵の状態で外へ出てくるなんてありえない」

「でも、里から出た竜が産み落としたという可能性もあるのでは無いでしょうか」

ソウマのように人間と契約を果たし、人間とともに暮らす竜もいれば、空を駆けて世界中を旅してまわる竜もいる。

普通の人がめったに会うことは出来ないけれど、里を出て人里にいる竜がたくさんいることは知っていた。

そうやって里の外にいる竜が卵を産んで、何らかの事情で手放すことだって考えられるはずだ。

しかしシェイラの指摘に、ソウマは首を横へ振って否定する。

「いいや。腹に子供が出来た時点で、里に帰るってのが竜の習性だ」

「習性ですか」

「あぁ。どれだけ乗り気でないとしても、身にしみついた習性にはどうやっても逆らえないんだ。人間には分からない感覚だと思うけどな」

確かに絶対に逆らえない『習性』なんて言われても、シェイラには今一つピンとこない。

けれど竜である当人がここまで言うのだ。

本当にどうやっても逆らえないのだろうと、シェイラは理解したことを示すために頷いた。

そうすると、ソウマは複雑そうに苦笑した。

「……？」

「……あぁ…いや、理解できないだろうに簡単に信じてくれたから…少し驚いた」

「嘘だったのですか？」

「本当だ。竜としての習性には、どうやったって逆らえない。勝手に身体が動くんだよ。でもそういう未知の感覚を信じるのは難しいだろう？　特に人は、自分の理解の範疇《はんちゅう》にないことはまず疑ってかかるようなのが多いからな」

「そう、ですか？　竜と人が違うのは当たり前なのに？」

知らないことを知れたことに感心こそするけれど、疑うなんて考えもおよばなかった。

「んー……、シェイラはあれだな。他人の台詞を深読みしないというか、なんか流されやすい感じ？　そんなに素直に頷いてばかりで疑うことを知らないようだと、変なのに騙《だま》されそうだな」

「…………」

会ったばかりの相手にそこを指摘されるとは思わなかった。

妹のユーラのような溌剌《はつらつ》とした機敏さはないけれど、でも人並みにきちんと考えているし、緊張感も持っている。

そこまで簡単に騙されるほどに間抜けではないつもりだ。

（私はよほど単純な人間に見えるのかしら）

相手が相手なので言葉には出さなかったけれど、眉をひそめたシェイラの表情から、気分を害したことにはアウラットもソウマも気付いたらしい。

そろって顔を見合わせて、苦笑を漏らされてしまった。

「いや、まぁそれは今どうでもいいか。ええっと、つまりは全ての竜の卵は里から出ることなんかまず無いはずなんだ。なのにその卵をシェイラが偶然手に入れたってのは、ちょっとどうなってるんだって不思議に思ってるわけ」

なるほど、とシェイラは頷いた。

どうやら思っていた以上に、竜の卵を見つけてしまったのは異常なことらしい。

珍しいことだとは思っていたが、まさかそこまで大事《おおごと》だとは。

「……って、ことで」

プディングの最後のひとかけらを口に入れたソウマが、突然立ち上がった。

拍子に椅子が大きな音を鳴らした。

驚いて見上げるシェイラへ、彼は歯を見せてにぃっと笑う。

「とりあえず、俺は里に行って卵について知るやつがいないか聞いてくるわ。里から盗まれたとか、行方不明になってる卵がないかも調べてくる」

「…………え」

(王子に対して許可も取らず退室しようとするなんて、普通なら有り得ないのだけれど)

まったく気にしている様子のないアウラットに、シェイラは内心驚いていた。

王子という地位や、竜という聖獣であることは、彼らの間では何の意味もなさないように見える。

ただ強い信頼関係だけが彼らをつないでいるのだ。

(種族からして違うのに、それでも対等な関係なのね)

心からの信頼と、絶対に切れない絆《きずな》が目に見えた気がした。

阿吽《あうん》の呼吸ともとれるお互いを知り尽くしたやりとり。

竜と人とがパートナーになる『契約』とは、こういうことなのだと側で彼らのやり取りを見て初めて分かった。

しかし窓枠に足をかけて、そこを潜《くぐ》って外に出ようとするにソウマに気が付けば、そんな感心は吹き飛んだ。

「どうして窓……！　三階ですよ⁉」

退室するなら普通は扉から出ていくだろうに。

一階であっても窓から外へ出るなんてシェイラには考えられないことだけど、三階なんて更にありえない。

けれどソウマは、にやりと笑って顔だけをこちらへと振り向いた。

彼の相棒《パートナー》であるアウラットに至っては何も言わず、マイペースにプディングのお代わりを食べ始めている。

「俺を何だと思ってんだよ」

トンっ、とソウマの足が窓枠を蹴《け》った。

同時に彼の背中から羽が生えて、大柄な体は軽々と浮遊する。

羽を二、三度はためかせ、さらに上昇する間にソウマの身体はみるみる大きくなっていって、成《せい》竜《りゅう》の姿になるのはあっと言う間の出来事だった。

「う、わぁ……！」

思わず歓声を上げたシェイラは、席を立って窓枠へ駆け寄る。

食事中に許可も得ずに立ち上がるなんて行儀の悪いこと、普段はしないことだ。

でもシェイラは初めて近距離で竜を見たのだ。

興奮しないわけがない。

アウラットはそんな彼女に、まるで無邪気な子供を見るかのように微笑していたから、咎《とが》められるかもしれないという心配もあっという間に霧散《むさん》した。

事実シェイラはまだ十五歳で、大人というにはまだ少し早い年頃。

だからマナーや体裁《ていさい》よりも、好奇心がうっかり上回ってしまうことはままあることだった。

アウラットから見れば、なおさら幼く映ってしまうだろう。

「っ……！」

シェイラが窓から顔をだすと、王城の上を大きな赤い竜がはるか上空を旋回《せんかい》しているところだった。

彼が羽をはためかせるたびに、強い風が巻き起こってシェイラの髪があおられる。

まるでシェイラにその悠々《ゆうゆう》たる姿を見せつけるかのように何度か旋回してから、ソウマは東の方角へと飛んでいく。

東の果ての谷奥にあると言われる火竜の里に向かったのだろう。

「うわぁ……」

大きな体躯《たいく》と力強い姿。初めて間近で見る竜は、想像していたよりずっとずっと大きかった。

何だか圧倒されるような神聖な雰囲気が、どうしようもなくシェイラを魅了した。

（皆が憧れるのは当たり前だわ。だってあんなに凄いのだもの）

「きゅう！」

「……？　どうしたの？」

みるみる間に小さくなっていく火竜姿のソウマを見送っていたけれど、聞こえた鳴き声に慌ててテーブルへと駆け戻って籠の中を窺《うかが》った。

するといつの間にか目をさましていた竜の子は、何だか怒った風に縦に瞳孔の入った赤色の瞳を吊り上げている。

どうしたのだろうとシェイラが首をかしげていると、竜の子の背中の小さな羽がパタパタと揺れた。

「あら？」

「その火竜がどうかしたのか？」

アウラットが怪訝《けげん》な表情で、テーブルから立ち上がり近づいてきた。

彼もシェイラと一緒に籠の中を覗き込む。

「いえ、何だか飛ぼうとしているようで……」

「ほう？」

ぼってりと丸い身体に付いている羽は、どれだけ広げてもシェイラの人差し指の長さにも及ばない。

必死に四肢を動かしながら羽をパタつかせている様子に、眉を下げた。

「この小さな羽では丸々とした体を浮かすのは難しい気が」

「そうかな？　すでに浮いているようだが」

「え？　あっ……！」

数センチだけだけれど、本当に浮いている。

「すごい……。今日生まれたばっかりなのに、もう飛べるのですね」

「馬の子も牛の子も生まれて直ぐに歩き出すだろう。似たようなものじゃないか？」

「な、なるほど」

生まれてから歩き出すまでに何か月もかかるのは人間基準だ。

二足歩行の人間は歩き出すまでにかかる月日が動物の中で一番長いと聞いたことがある。

なによりも竜は貴重すぎる生物。たとえ専門家であっても彼らの生態はよく分からないらしい。

何も知らないシェイラが疑問視したってどうせ分からないのだろうから、素直にうなずいておくことにした。

「おおかた、シェイラがあまりにソウマの飛ぶ姿に見とれていたから、やきもちを焼いたのだろう」

「……それで飛ぶ気になったの？」

「きゅ！　きゅー！」

籠に敷いたクッションから五センチほど浮き上がり必死に背中の羽を動かしながら、竜の子は物凄く得意げにシェイラを見上げてくる。

ほめて！　ほめて！　とその小さな身体全体で表していた。

「えらいわね」

最初はきらきらとした瞳を向けてくる竜の期待に応《こた》えたくて褒めていた。

けれど竜の子は何度かクッションの上に落下して、それでもめげずにまた羽を動かして飛びあがる。

頑張って何度だって飛ぼうとするところを見守っていると、自然と応援に力が入るようになって、シェイラはいつのまにか竜の子の飛ぶ姿に魅せられた。

飛ぶと言っても数センチだけなのに。

手のひらよりも小さいのに。

それでも竜という生き物はシェイラを魅了するのだ。

「ほんとにすごい。頑張ったのね」

クッションに落下したタイミングで、指先で頭から背中を優しく撫でた。

「きゅ！」

「嬉しそうじゃないか」

シェイラが少し褒めただけで、目をきらきらと輝かせて喜んでいる。

その姿がかわいくて、懐《なつ》かれていることが素直に嬉しかった。

けれど懐かれれば懐かれるほどに、シェイラの胸にちくりとした小さな痛みが走って、思わず呟いてしまう。

「……ほだされてるなぁ」

竜の子は可愛い。出来るならここまで連れて来たことを無かったことにしてもらって、一緒に家に帰ってしまいたい。

けれど、この子とはすぐに別れなければならないのだ。

一般人の自分なんかが、貴重な竜の子を飼っていいはずがない。

育ててあげる環境も用意してあげられない。

そもそも許可が出るはずがない。

王城に居る竜に詳しい人たちが、大切に大切に育てるべき生き物だ。

(早く離れなければ)

シェイラはきゅっと唇を引き締めたあと、大きく息を吸って顔を上げる。

「シェイラ、どうかしたか?」

ちょうど落下したばかりの竜の子が収まっている籠の持ち手を持ち上げて、彼の前へと差し出した。

不思議そうな表情でこちらを見てくるアウラット王子をしっかりと見据《みす》えて口を開く。

「アウラット王子殿下。この子のこと、どうぞよろしくお願いいたします」

籠の持ち手を握る手に、ぎゅっと力が入った。

そうして竜を差し出すシェイラに、アウラットがそっと静かに声をかけた。

「……君は、この竜を手放すつもりなのか?　こんなに懐いているのに?」

シェイラは勢いよく顔を上げた。

「だ、だって……!　仕方ないじゃないですか!」

悲しいけれどこの子の為にはそうするのがいいと思って、泣く泣く別れようとしているシェイラは、アウラットの台詞に憤《いきどお》りを覚えた。

「アウラット王子殿下。竜は貴重で、この国にとって大切な守るべき存在です。そんなこと小さな子供でも知っています」

「まぁ、そうだな」

「どう考えても、私が預かっていて良いものではありません。環境も整えてあげられないし、何かあっても守ってあげられない。竜に詳しい方々が大勢いる王城で預かるか、竜の里へ連れて帰って竜たちに育ててもらうのが、この子にとって一番良いはずです」

国の王子にこんな反論を述べるなんて、普段のシェイラならありえない。

けれど今は怒りが交じった興奮状態だから、思わず堂々と文句を言ってしまった。

真正面からアウラットを睨《にら》むシェイラに、彼は虚《きょ》を突かれたようで驚いた顔をしている。

色素が薄くて全体的にか細い。見た目からして大人しそうな彼女の、はっきりとした物言いがよほど意外だったのだろう。

（…わ、私ったら……）

シェイラが我に返って落ち込むころには、アウラットは驚いた顔を喜色《きしょく》めいたものへと変えていた。

「申し訳ありません…私……」

「あぁ、いや。私の言い方が悪かったのだな」

まるで面白い遊びでも見つけたかのような表情。

意地の悪さとからかいも含んだ、楽しそうな笑いを彼は見せる。

なんとなく、侮《あなど》られているのだなとわかった。

「シェイラがその火竜と離れるのは、もう無理だ」

「………え、っと…どういう意味でしょうか」

「すりこみというものを知っているだろう？」

「鳥によくあるあれですか？」

「あぁ」

生まれて直ぐに見た自分より大きな生き物を親として認識する、主に鳥類によくある習性だ。

「竜は、そのすりこみ効果がひときわ強い」

「それは……この子が、私を親として認識しているということでしょうか」

「その懐きようではおそらく間違いないだろう。最低でも十年くらいはこの子のもとを離れられないと思っていい」

「なんてこと……。懐かれているとは思っていましたけれど、まさか親と思われているなんて」

その衝撃にシェイラは頭痛さえ覚えた。

なんとはなしに誕生の瞬間を見ていたけれど、こんな結果になるなんて思いもしなかった。

思わず籠の中の竜の子に目を向けると、つぶらな赤い瞳はこちらを見ていて、窺うように首をかしげられた。

（懐かれるのは嬉しいわ。可愛いもの。でも貴重種である竜なんて、私の手に負えるものじゃない……）

現実的に考えて、この子の親になることはどうやったって不可能だ。

「その、すりこみの効果を消すにはどうすればいいのでしょうか」

「どうにも出来ないな。離れられないって言っているだろう？」

「……だったら、どうすれば」

「君が育てればいい。シェイラを竜の里に連れて行くわけにはいかないから、ここでシェイラにこの竜の子を育ててもらうしかないってことだ。事情が事情だから、里の奴らも認めるしかないだろう」

「む、無理です！　私なんかが竜を、なんて……」

孤高の聖獣、国の宝でもある竜の子を預かるなんて恐れ多い。

そもそもこの竜を王城へ連れてきたのは、自分では手に余るからだ。

「でもこの竜はシェイラ、君を望んでいる。竜は人の感情に敏感で、良くも悪くも正直者だ。嫌いなものにはとことん関わらないんだ。だから君が信頼に足《た》る人間だと本能で察してすりこみを行ったのだろう。いくら生まれて初めて見た生き物だからって、竜の親にふさわしく無い人間であるなら興味さえ抱かれていなかったはずだ」

アウラットの言葉を聞きながらシェイラが手の中にある籠を見ると、赤い幼い竜が首を伸ばして一心にシェイラを見つめていた。

「きゅ！　きゅー！」

「ほら、竜自身が、シェイラが良いと言っている」

「っ………」

シェイラだって、出来るならばこの子の傍《そば》にいたかった。

一心に信頼の情を寄せてくれる小さな生き物が、可愛くないはずがない。

出会って数時間しか経《た》っていないのに、もう誤魔化《ごまか》せないほどに情は移ってしまっている。

竜の親になることを拒否していたのは、何のとりえもない自分なんかが聖なる生き物の傍にいるなんて恐れ多かったから。

でも、ネイファの第二王子であるアウラットが認めてくれている。

そしてなにより竜自身が、シェイラを望んでくれているという。

「本当に、宜《よろ》しいのでしょうか。私がこの子の、その……親に、なっても」

「もちろん」

「でも育てるなんて難しいでしょう?」

戸惑いつつもシェイラの気持ちが傾《かたむ》いていることを悟ったのか、アウラットはたたえている笑みを深くする。

「もちろん国が可能な限りの手助けはするさ。まずはシェイラとその竜の部屋を用意しなければいけないな」

「部屋ですか?」

「希少な竜を任せるんだ。もちろん王城に住んでもらうことになる」

「………え?」

「竜を育てる環境なんて子爵家にはないだろう。ストヴェールの本邸のような広大な敷地のある場所ならまだしも、王都にある別邸では自由に飛び回らせてやることもできない。火竜だから、制御の効かないほど小さなうちは、ちょっと目を離したら大火事になっているぞ」

確かに、環境を整えてあげられないことは、シェイラが竜の親になることを思いとどまっている理由の一つだ。

「竜はともかく私まで王城に住まわせてもらうなんて、良いのでしょうか」

竜は国を挙げて守るべき存在。

王城で大切に育てられるのは当たり前だった。

でもそこに自分がくっついていくのはどうなのだろう。

図々しすぎないかと心配するシェイラに、アウラットは何のためらいも無く笑う。

「心配ない。シェイラにしかできない仕事をしてもらうからな」

「仕事？」

「竜の生態はなぞだらけだ。里から出てくる竜は成体になってからが普通だし、幼体が人間の目に触れる場所に出てくることなんてほぼ初めてのこと。この竜の世話をしつつ、可能な限り詳細な成育記録を付けてほしい。非常に貴重な研究資料になるだろう」

「私、そんなに専門的なことは」

シェイラは眉を下げて首を振った。

「専門的なことを研究するのは研究者だ。そうだな……育児日記とでも言えば気が楽になるだろうか」

「育児日記……」

「もちろん資料の書き方や書式、多少の専門用語を覚えての記録研究資料を作ってもらうことになるから、少しの勉学をしてもらうことになるが」

研究資料と言うからには、実際に育児日記と呼べるような簡素なものではないのだろう。

専門的な用語を扱うための勉学が必要であるのには少し不安も感じる。

でも、それさえ出来ればシェイラが竜とともにこの城に滞在することになっても、ただの居候《いそうろう》という情けない肩書ではないはずだ。

「あぁ。ただし母親が見つかって、子供を返せと言ってきたら別だが」

「それはもちろん分かっています」

もし何らかの理由で親子が離ればなれになったのだとしたら。

どんな手段をとってでも、親の元へ帰してあげるべきだ。

でもそれまでの間、この可愛い竜の子の親代わりとして傍にいたいと、シェイラは心から思った。

そのための環境と知識を、目の前の王子様……アウラットは用意してくれるとまで言ってくれている。

答えはもう、決まったようなものだ。

「……あの、なります。この子の育て親！」

はっきりと言うシェイラの決意に、アウラットは満足気な表情で頷いた。

「では、今日……は急すぎるか。家族への説得も必要だろうし。必要ならストヴェール子爵へ私名義での親書も出そう。部屋を用意するように指示も出しておくから、明日からでも王城へ居《きょ》を移してくれ」

「はい、わかりました」

シェイラが同意したことを確認したアウラットは、ふと思い出したように火竜の子を見る。

「あとはそう……名前を付ければいい」

「名前ですか。私が付けてもよろしいのですか？」

希少な竜が一生持つことになる名前を、そんなに気楽に勝手に付けていいのだろうかと、シェイラは不安な表情を見せる。

しかしアウラットは当然だとばかりに口端《くちは》を上げて一笑した。

「育て親になるのだろう？　この子が親離れして飛び立つときまで守り育てる者としての覚悟があるなら名前を付けてやれ。名に込めた言葉は、その竜とシェイラをつなぐ絆をさらに強固なものにするだろう」

「………………」

籠の中の赤い竜を見下ろすと、嬉しそうに目を細めて「きゅ！」と鳴いた。

まるでシェイラが名前を付けてくれるのを、心待ちにしているようだ。

「……私と、一緒にいてくれる？」

「きゅ！　きゅー！」

喜んでいる様子の竜に、口元をほころばせてシェイラは考える。

この子に似合う、たった一つの名前を付けようと思った。

幾つか頭に思い描いたあと、ふと疑問がわいて、シェイラは竜からアウラットへと視線を移した。

「……あの、アウラット王子殿下」

「うん？」

「この子、男の子でしょうか女の子でしょうか？」

「……う、ん…？」

「名付けるにしても雄《おす》と雌《めす》ではまた違いますよね。でも私、竜の雄雌の見分け方がわからないのです。殿下はご存じでしょうか」

「……ふむ」

アウラットも難しい顔で竜を覗きこむ。

それから彼はおもむろに竜を突《つ》っついて、ころりと仰向けにさせてしまった。

「きゅー！」

怒った風な鳴き声にも我関せず、アウラットは竜の下半身をじっと観察した。

シェイラも一緒に覗き込むものの、そこには性器官はもとより排泄口《はいせつこう》さえも見当たらない。

竜は本当に、隅から隅までの全身を硬い鱗《うろこ》に覆われているみたいだった。

「鱗の中に隠しているのか？　だとすると鱗は開閉式……」

「え？　そうなのですか？」

「いや、さっぱり分からん。ソウマが居れば良かったのだが。まぁ、なんとなくどちらでも通用しそうな名にすればいいんじゃないか？」

「どちらでも……」

名前の選択肢がとたんに狭《せば》まってしまった。

そしてアウラットは意外に大雑把《おおざっぱ》な性格らしい。

シェイラは籠の中の竜をじっと見つめて、いくつかの候補を考えてみた。

（赤くて、小さい……）

「……ココ。ココノワールの花からとって、ココはどうでしょうか」

「ココノワール？　聞いたことがないな」

「ココノワールは、ストヴェールの本邸がある北の地方にだけ生息するんです。小さく赤い花を咲かせる野草で、気温が高すぎると育たないものだから王都では見られないと思います」

「へぇ。それでは私が知らないのも仕方がないか」

王都に居を移してからもう二年ほど帰っていない、懐かしい故郷に咲く小さな赤。

小さくて可愛いこの子を見ていて、なんとなく思い出してしまった。

「ココ」

シェイラが小さくその名を呼ぶ。

すると幼竜《ようりゅう》は縦に瞳孔の入った大きな目をぱちぱちと瞬かせる。

「ココよ、あなたの名前。ココ」

何度か呼んでいると、それが自分の名前だと理解したのか、ぱっと表情を輝かせた。

そして嬉しそうに尻尾を揺らし、シェイラを爛々《らんらん》と輝く目で見上げてくる。

シェイラが口元を緩めて笑ってみせると、ココは喉をそらして一際高く鳴いた。

「きゅ、きゅ、きゅー‼」

「気に入ったようだな」

「はい、良かったです」

シェイラとココのやり取りを見物していたアウラットが満足気に笑う。

「お、お姉さまが竜の育て親になるですって⁉」

シェイラより三つ年下で今年十二歳になる妹のユーラが、スプーンを握ったまま大きな声を上げる。

白銀色の髪を肩ほどまでの長さで切りそろえて内巻きにしたユーラの頭上には、今日はベルベットでできた大きな赤いリボンが結ばれていた。

彼女の趣味はリボン集めだ。

シェイラと同じ色素の薄い容姿。

でもはっきりとした目鼻立ちと、溌剌とした明るさをもつユーラには、赤やオレンジなどの明るい色がよく似合っていた。

淡い色しか合わないシェイラからすれば少し羨《うらや》ましくもある。

「シェイラ、シチューおかわりしてもいいかな」

「ええ。たくさんあるからどうぞ、ジェイクお兄様」

今日のストヴェール家の夕食は、昨日の夜に仕込んでいた鹿肉のシチューだ。

新鮮なトマトとワインと共に、鹿肉を口の中でほろほろととろけるまでに柔らかく煮込んだこれは、次兄《じけい》のジェイクの大好物。

彼はすでに一杯目を食べ終え、二杯目をテーブルに置いた鍋から掬っている。

シチューの他は市場で買ってきた焼き立てパンと、数種類のチーズとフルーツを切った。

料理人が作りおいてくれた野菜のマリネもあったから、あまり準備する時間が取れなかったけれど満足いくメニューになった。

（本当は昼からパン作りをするつもりだったのだけど）

アウラットとこれからの予定を話し合っているうちに時間がたってしまって、結局王城を出たのは日が落ち始める頃だったのだ。

「きゅ、きゅー」

「か、可愛いっ！」

ユーラは机の上に置いた籠の中を、身を乗り出して覗き込み、瞳を輝かせて見ている。

「ユーラ、手がおろそかになっているわ。きちんと食事しなさい」

「……はぁーい」

竜に夢中になってしまっている妹をシェイラがたしなめた。

ジェイクが苦笑して、不満げながらも椅子に座りなおすユーラを確認し、褒めるように頷いて見せてからシェイラへと向き直る。

「……でもいいのかい？　一晩とはいえ貴重な竜を泊めるなんて。そりゃあ我が家はもちろん大歓迎だけれど」

「ええ。基本的には王城に居てほしいけれど、事前に報告さえすれば外出に制限なんてしないって言ってらっしゃったわ。竜は自由に飛び回るのが性質だから閉じ込めるのは不可能だとか」

「へぇ……何にも縛られない孤高の生き物って感じだねぇ」

「ねぇねぇ、お姉さま、この子は食事しなくてもいいのかしら。まだ赤ちゃんだからミルクとか？　あげてもいいかしら」

ユーラの期待の籠《こも》った眼差しに、シェイラは残念そうに苦笑して首を振る。

「火竜は火山の熱や太陽の光から力を得るのですって。だから天気のいい日に日光浴させてあげるようにすれば、勝手に太陽から火の気を吸うって。それが食事のようなものらしいの」

同じように水竜は水辺の近くから水の気を、風竜は大気の息吹から風の気を、木竜は森などで植物から地の気を得るらしい。

大昔には闇を統《す》べる黒竜《こくりゅう》や、何にも染まらない無である白竜《はくりゅう》もいたと聞く。けれど元々個体も少なく繁殖能力も低い彼らは、すでに絶滅してしまった。

現存する竜は、火、水、木、風の四種のみだ。

よほどココにミルクをあげてみたかったらしいユーラは、唇を突き出してため息を吐いた。

「大きな竜でもお肉を骨ごとばりばり食べたりしないのね。肉食獣なイメージだったのだけど」

「えーと……、王子のパートナーの火竜のソウマ様は、ナイフとフォークで普通に上品に食べてらっしゃったわね」

シチューを頬張《ほおば》るジェイクが首をかしげた。

「食事はしないんじゃなかったのかい？」

「必要はないけれど、嗜好品《しこうひん》として嗜《たしな》むくらいはするとか？」

「あぁ、なるほどね」

シェイラは朝方、アウラット王子と火竜のソウマと食事をしたことを話す。

その場で竜に関する色々な話を聞かせてもらった。

ソウマが里に向けて飛び立って、シェイラがココを育てると決めたあとは、小さな竜を育てるために必要な知識をアウラットは話してくれた。

陽の光を浴びていれば、特に口から食事をする必要は無いけれど、でも人の作る食事は美味《おい》しいから結構好きだということ。

火竜の場合、まだ力加減が出来ないうちはうっかり火事を起こしやすいから燃えやすいものを近くに置いた状態で目を離さないこと。

そうした一般の人に知られていない竜の習性を、妹のユーラも兄のジェイクも楽しそうに聞いていた。

ひとしきり話し終え、食事も終わってお茶を入れているとき、ユーラがシェイラをうかがうように見上げて来た。

何か言いたいことがある。けれど戸惑っている顔。

妹《ユーラ》の性格をよく知っているシェイラは、優しく微笑んで「どうしたの？」と尋ねた。

「……遊びに行ってもいい？」

「もちろん。どうしてそんなことを聞くの？」

「だ、だって王城よ⁉　たとえお姉さまが住むことになったっていったって、妹の私まで迎えてくれるなんて限らないじゃない」

「シェイラと会えなくなるんじゃないかって、ユーラは心配なんだろう。ユーラはシェイラが大好きだからなぁ」

「もう！　お兄さま‼」

ジェイクの揶揄《やゆ》に、ユーラの頬がぱっと赤くなる。

最近はなまいきな口が多くなった妹の、その反応がシェイラは嬉しかった。

「他の竜に会わせろって言うならまだしも、姉妹《きょうだい》を訪ねるくらいで怒られないわ」

「そ、そう……。ならいいのよ……」

王城に住むにあたって、シェイラはそのあたりもきちんと確認していた。

頻繁に家族の様子を見に帰ることが出来るのか。

どのあたりまでココを連れての行動が許されるのか。

特に制限は設けられていないものの、出来るだけ大勢の人目がある場所は避けてほしいと言われた。

他には王城に住まうためにかかる生活費を払うどころか、むしろ給料をもらえるらしいということ。

それは竜の成育記録を作成する仕事の報酬《ほうしゅう》らしい。

住まわせてもらうのだから辞退したいと言ったけれど、謎の多い聖獣である竜を研究する者達にとって、非常に価値のあるものだから当然の対価らしい。

むしろ、無償の方が何か思惑《おもわく》があるのではと勘繰《かんぐ》られて面倒なことになるから貰っておけと、アウラットに押し切られてしまった。

「シェイラがやりたいなら止める理由は無いだろう。頑張っておいで」

「いってらっしゃい、お姉さま！」

竜の親なんて突拍子もないことをシェイラはやろうとしているのに、兄妹たちはこうして、何のためらいも無く背中を押して送り出してくれる。

この家が好きだと、シェイラ改めて思いなおすのだった。

――――夜。

シェイラは二階にある自室の出窓を開ける。

窓辺まで運んできた椅子に腰かけ、星が瞬く夜空を眺めた。

湯船を使ったばかりで、火照《ほて》って赤みを帯びた肌を夜風が撫でる。

心地よさに目を細めてから、今度は窓枠に手をかけて地上を見渡した。

「今日でお別れなのね」

ここから見える庭では、幼いころ王都に来るたびに兄妹たちと走り回って遊んでいた思い出がある。

別れると言うほどに遠い距離ではない。

子爵家は貴族街のはずれにあるけれど、それでも王城まで馬車で一時間と掛からない程度だ。けれど生まれて十五年。一度も家族から離れたことのないシェイラにとって、家を出るということは人生で初めての経験だった。

緊張と、不安。そして王城という場所での新しい生活への期待。

どきどきと脈打つ胸はしずまる気配がない。

「今夜は眠れそうにないわ」

「きゅ！」

鳴き声と共に、肩に小さな重みが伸《の》し掛かる。

ココがシェイラの肩へ飛び乗ったのだ。

背を指で撫でると、鱗のひやりとした感触がした。

首を回して肩口を見てみると、縦に瞳孔の入った赤い目がシェイラを一心に見つめていた。

「……ねぇ、ココ。眠くなるまでで良いから聞いてくれる?」

シェイラはココを自分の手のひらに乗せて、出窓の枠へとそっと降ろす。

窓枠に頬を付けると、そこへ置いたココと視線が合った。

それからまるで内緒話でもするように密《ひそ》やかな声で、ココへと語りかける。

「きゅ?」

「あのね、ココ。私、ずっと竜に憧れていたの。ずっと……ずっとよ。本当に、長い間。だってほら、皆一度は竜を見てみたいって思うものでしょう?」

竜を守り称えるこの国ネイファでは、誰もが幼いころから竜の描かれた絵物語を読み聞かせて貰って育つ。

だから一度は竜に憧れるし、竜使いになって竜の背に乗り、空を飛んでみたいとも考える。

「ネイファの国の子供はみんな竜が大好きよ。でも私はね、他の人たちと比べ物にならないくらいにその思いが強かったみたいなの」

初めて竜を見たのは家族と出かけた春節の祭り。

春の精霊を呼ぶために、竜達が王都の空を舞う催《もよお》しがある。

シェイラは遥か彼方の空にその姿を小さく垣間見《かいまみ》ただけだった。

なのにその瞬間、心臓が止まるほどの衝撃を受けた。

圧倒的な迫力と力強さに、悠々と翼を広げるその姿に、他の何も考えられなくなった。

愛おしいという感情を、生まれて初めて知った。

「竜が好きでたまらなくて、どうしても竜に会ってみたかった。竜使い様の話の絵本を朝から晩までずっと持ち歩いていて、口を開けば空を飛ぶ竜の話。大人になったら竜とパートナーの契約を結ぶために、竜の里まで旅に出るって決めていたの。でも……」

「きゅう？」

「でも、すぐに諦めてしまったけれど」

それこそ、話を聞かされる標的となる両親や兄たちがシェイラを見ると目をそらし、更に理由をつけて逃げ出してしまうくらいに、一時期のシェイラは竜のことしか話さなかった。

「あの艶々《つやつや》とした鱗に覆われた壮大な姿も、己の信念を貫く気高い生き方も、青い空を自由に飛ぶところも、火とか水とか自然の大気を操り従える凄い力も。竜の何もかもが堪《たま》らなく恰好よくて、大好きだったの」

竜に魅せられた日から、シェイラは本当に竜以外のものに目を向けなくなった。

可愛いドレスにも、美味しいお菓子にも、美しい花にも、特に興味を抱かなかった。

そんなものより竜に会いに行きたい。竜にまつわる本が欲しい。竜の里に連れて行って欲しい。と、顔を真っ赤にして父と母に言い募《つの》ったものだ。

けれど成長するにつれて、シェイラは自分の竜好きが他と一線を画していることを自覚してしまった。

「言われるようになったのよ。――気味が悪い、って」

幼い自分に向かって正面から告げられたわけでは無い。

でも人が大勢集まったお茶会などで、大人たちは少し離れた位置から冷たい目で見下ろしつつ、扇《おうぎ》で口元を隠してひそひそと話をしていた。

確かに自分の方を指されていて、それで何も分からないほどに、シェイラは鈍感な子では無かった。

『ストヴェール子爵様のご令嬢は、何を考えているのか分からないわ』

『ドレスにも、レースにも喜ばないのよ』

『先ほど少しお話ししましたけれど、会話がなりたたなかったの』

『変わったご令嬢よねぇ』

くすくすと、笑い声とともに交わされる会話を想像してしまえば、もう今までの通りにはふるまえなかった。

元々引っ込み思案な子供だったシェイラは、人と違うことを好まなかったから。

向けられる奇異なものを見るような視線や、交わされる大人たちの揶揄に気づいてしまった後は、次第に竜のことを口にしないようになり、『普通の女の子』であることを意識するようになった。

シェイラの竜へのこだわりが異常なのでは、と心配し始めていた乳母《うば》や家の使用人たちは、一過性のものだったのかと胸を撫でおろしたに違いない。

そう振る舞い続ければ、本当の自分はこちらなのだと、徐々に思い込んでいくようにもなる。

だから自然といつのまにか『普通の女の子』になっていた。

「この数年は本当に竜を意識などしていなかったわ。でもやっぱり……好きでなくなった振りをしていただけだった。変な風に見られることが嫌で、自分を誤魔化していたのだと、今日分かってしまったわ。本当の私は初めて竜を見たあの時から、ずっと変わらずに竜を好きなままだった。あのね。今日ソウマ様が竜の姿で空を飛んだ時、私がどれだけ感動したか、ココに分かるかしら。それに今ココを見ているだけで胸がドキドキして、幸せで堪らないの。竜の……ココのお母様になれるだなんて、嬉しすぎて本当にどうしようかしら」

静かだけど確かに弾んだ声を上げながら、つんっと目の前にあるココの額を指先で突《つつ》く。

ココは押されたことでのけぞったあと、身を戻して「きゅ?」と声を上げて不思議そうに首をかしげた。

「大好きよ、ココ」

その可愛い鳴き声も、首をかしげるあどけない姿も。

なにもかもが愛おしくて、シェイラは他人には見せられないほどにだらしなく相好《そうごう》を崩すのだった。

「…………」

――彼女は空を見上げ、星を薄青の瞳に映しながら記憶をたどる。

「暖かな陽の光を糧《かて》とするのは、火の竜
清らかなる命の源を愛するのは、水の竜
風の息吹と共存するのは、風の竜
母なる大地の力を与えられたのは、木の竜
星空瞬く闇夜を統べるのは、黒き竜

そして全ての竜の導き手
何にも染まらない色を持つ、白き竜」

すらすらとシェイラが諳《そら》んじたのは、竜の物語を描いた絵本や童謡の一番始めのページに必ず書かれている文章だ。

幼いころ、何十回何百回と声に出して読んだ文章は、おそらくもう忘れることはない。

「きゅー」

鳴き声につられて夜空からココへと視線を移すと、小さな赤い身体は瞼を半分落として右へ左へと揺れていた。

すぐにでも眠りに落ちそうなその様子に、シェイラはくすりと笑いを漏らす。

窓枠からココの小さな赤い体をすくい上げて、ベッドサイドへと向かう。

今夜のとりあえずの寝床《ねどこ》である籠の中へとそっと下ろしたシェイラは、夢の中に入ろうとしているココに囁《ささや》くのだった。

「おやすみなさい、ココ」

❖ ❖ ❖ ❖

「やっぱり再発したよなぁ……シェイラの竜好き」

この王都にあるストヴェール子爵家の別邸を、領地に赴《おもむ》いている父に代わって現在あずかっている次兄ジェイクは、ベッドに身を横たえながら複雑な表情で苦笑した。

白い枕に頭を下ろすと、白銀をもつ妹たちとは全く違う茶色の髪がそこへ散った。

ストヴェール家の上の兄二人は、父親から受け継いだ濃い茶髪に茶色い瞳をしている。

「目をあんなに輝かせちゃって、ずーっとにやけてて。あれで誤魔化せているだなんて思っているのか？」

幼いころ、異常なほどに竜に魅せられていた妹。

思えばあの竜への執着をそのまま伸ばしてやっていれば、彼女は今ごろ竜の学者か研究者を目指していたのかもしれない。

けれど四六時中、竜の話を聞かされるこちら側は正直たまったものではなかったのだ。

なにより周囲が目に入らないほどにのめり込む様に、大人からは心配する声さえでていた。

内気でどちらかと言えば大人しい方の性格のシェイラは、周囲に変な目で見られることに戸惑う子だった。

竜への執着がその変な目で見られる理由なのだと気づいた後は、次第にその話題から離れるようになったのだ。

「竜を嫌いにならなくても良いんだよ」と、言ってやるべきだったのだろう。

でもまだ子供だったジェイクには、そこまでの気遣いは出来なかった。

むしろ妹が竜の話題を出さなくなったことに、父と兄と手に手を取り合って大喜びしたものだ。

今日、竜の親という立場を得たことで、シェイラの竜への想いは復活した。

偶然の出会いとは言え、シェイラはこうして憧れてやまない竜のそばにいられる立場を得てしまった。

「もう一生離れられないだろうな」

それほどまでに強い執着心を、彼女が内に秘めているのだと知っている。

「うーん……。勝手に家を出る許可を出したこと、父様怒るだろうか。いやでも、今はこの屋敷も妹たちのことも俺に全部一任されているんだし。やりたいことがあるならとことんやって来い！　って人だし……大丈夫、なはず…」

家を継ぐのは長兄《ちょうけい》で、次兄である自分も家を手伝うつもりでいる。

ストヴェール家は建国当初から存在する家で、歴史だけは長い。

けれど特に大きな権力をもつわけでも、富や栄誉を欲するわけでもないから、上位の家から強制的な結婚を迫られる可能性も低い。

（もしシェイラの生き方に一族の中で反対する人間が出てきても、出来る限り味方になってやろう）

妹たちは恋愛も結婚ももちろん生き方も。好きなことを、好きなようにすればいいと思う。

「――――思うがままにやってみればいいよ」

ベッドサイドにあるランプの火に蓋《ふた》を落として消しながら、ジェイクは旅立つ妹を想うのだった。

自覚と覚悟

翌朝、馬車で運んだいくつかの荷物と共にシェイラとココは王城へ着いた。

「わぁ、素敵な部屋」

シェイラは案内されたこれから住むことになるという一室に入り、感嘆の声を上げる。

そこは太陽の光が燦々《さんさん》と降り注ぐ日当たりの良い場所だった。

ソファやクッション、カーテンなどのパブリック類は白地に桃色の小花柄で統一されていて、丁度シェイラくらいの年頃の女の子が好むインテリアを考えてくれたのだと一目で分かる。

庭に面する壁は一面ガラス張り。

同じガラス製の扉がついていて、開ければ一歩で庭へ出られる造りになっている。

日光を浴びて得る火の気が食事代わりだという、火竜のココのことを考えてくれての仕様なのだろう。

「こちらは何の部屋ですか？」

部屋を見渡していると、続き扉を見つけた。

シェイラは金色のドアノブを指しながら、ここまで案内してくれた若い侍女に尋ねる。

「寝室でございます。どうぞご自由にお使いくださいませ」

そう言われて入った寝室は、落ち着いた若草色のシーツをかぶせたベッドが置いてあった。

天蓋《てんがい》の布は薄いレース素材で、これもシェイラ好みで可愛い。

喜ぶのもつかの間で、窓辺に置かれたひときわ存在感のある、大きなものに自然と視線が行ってしまう。

直径二メートルくらいの円形のクッションのようなもの。

「……ソファでは無いですよね？」

「こちらですか？　えぇ。そちらのココ様の寝床にとご用意させていただきました」

「ココの？」

侍女が微笑を湛《たた》えて頷く。

「竜が寝心地のよい形ということで巣と同じ円形に。あとは硬さなどにもこだわっているようです。アウラット王子が人の世で暮らす竜たちのためにと開発を先導されたとか」

「アウラット王子が……。有り難うございます」

ココのベッドは、シェイラのベッドと同じくらいの大きさだ。

手のひらサイズのココには大きすぎるほどのベッドの上に、シェイラは籠からココを出して降ろした。

「きゅ、きゅー？」

見知らぬ場所に降ろされて不安なのか、ココはシェイラを振り返る。

「大丈夫よ。ここが今日からのあなたのベッドなの」

「きゅう？」

安心させるように指先で撫でてやった。

少しすると、ココはゆっくりとベッドの上をのそのそと、四本の足で這《は》うように歩いていく。

中央のくぼんでいる部分までたどり着いて、収まりが良かったのか尾っぽを抱きしめるような形で丸まってしまった。

「お昼寝？」

「きゅ……」

尋ねる間にも、赤い目は眠たそうにまどろんでいる。

（まだ午前中だけれど……昨日生まれたばかりだもの。眠っている方が多いくらいが当然よね）

シェイラは案内をしてくれた侍女にお礼を言って退室して貰ってから、靴を脱いでココの丸まる竜用ベッドへと上がった。

ココの隣に寄り添うように腰かけて、眠りにつこうとしているココの背を撫で続ける。

「ゆっくりおやすみなさい、ココ」

眠りゆくココを見守りながらも、顔を上げて周囲を見回すと、窓からは緑豊かな庭が望めた。

さきほどの部屋から続く庭だ。

（この庭が、今日からココの遊び場になるのかしら）

これから王城での生活が始まるのだ。

ココという火竜の子供と寝食を共にし、竜についての勉強までさせてもらえる。

ひょっとするとまたソウマと話す機会もあるかもしれないし、他の竜や竜使いと会って話す機会もあるかもしれない。

変な目で見られるのが怖くて公言はしなくても、竜を愛してやまないシェイラにとって、この城はまるで楽園のような環境に思えた。

お昼を過ぎてもまだ眠り続けているココを城の侍女にまかせて、シェイラは城の敷地の奥にある一つの塔へと向かった。

シェイラの仕事である竜の成育記録をつけるため、そこで授業を受けるのだ。

「……これが空の塔。竜にまつわる研究者のための塔」

東の端に佇《たたず》む石造りの堅牢《けんろう》なこの塔は、建国前からこの国のこの場所にあったらしい。

戦《いくさ》や災害で一部が崩れようとも取り壊されることなく改築され残されてきた、竜にかかわる資料庫や、城にいる竜達を診《み》るための診療施設、研究室。そして竜使い達のたまり場のような場所にもなっているとの噂もある、国の竜に関するすべてが集められた場所だ。

古びた石壁が歴史を感じさせるその塔に、扉はひとつだけ。

「シェイラ様ですね。伺っております、どうぞお入りください」

塔を守る衛兵達が、見るからに重そうな鉄扉《てっぴ》を二人がかりで開けてくれた。

シェイラは中へと踏み入る前に、その扉の奥を覗く。

建物の高さはかなりあるけれど、広さはそれほどでもない。

一階は只《ただ》の空虚な空間で、正面に螺旋《らせん》階段が見えるだけだった。

見上げてみると、その螺旋階段はどこまでもどこまでも続いているように感じられた。

「暗い、ですね」

「ええ。足元にお気をつけください」

内部を照らすのは、一定間隔に置かれたろうそくの明かりだけだった。

大きな塔の照明としては少し心もとない。

(有名な場所だし、もっと煌《きら》びやかな荘厳な雰囲気の場所を想像していたけれど……)

現実は不気味ささえ感じる暗い場所だった。

鉄扉の脇に控える衛兵が、立ち止まったままのシェイラを先へと促す。

「ここより先、竜と竜使いの他は許可を得た一部の者しか足を踏み入れることが許されておりません。シェイラ様がお会いになるジンジャー様は、階段を上って十一階にある扉の奥にいらっしゃるとのことです」

「わかりました。ありがとうございます」

塔の中へ足を踏み入れ、振り返って頭を下げる。

それに応えて頷いた衛兵によってふたたび扉が閉められた。

日の光が遮《さえぎ》られた分、余計に暗さが増してしまった。

「…………」

遮断《しゃだん》されたのは明かりだけではなかった。

厚い扉と壁によって、外の音がすべて遮断されている。

外観からは大きな窓が見えていたけれど、塔の中央部分に作られているらしい螺旋階段からはひとつの窓も見当たらなかった。

……物音ひとつ、風音ひとつ聞こえない。

静寂の中でシェイラが上を仰ぐと、ぐるぐると渦を巻くように階段は闇の中へと続いていた。

この先には何があるのか。

楽しみでもあるし、暗く長い先の見えない道のりに少しの不安もある。

シェイラはひとつ息を吐いてからドレスの裾を摘まみ上げ、一歩一歩階段を昇り始めた。

「確かジンジャー様は十一階って伺ったわ。……この塔、二十階建てくらいよね？　毎日上り下りしている方っていらっしゃるのかしら。日常使うのには不便すぎる高さだと思うのだけど」

普通こういう建物は罪人を捕らえて簡単に逃げ出せないようにするためか、もしくはより遠くを見渡す見張り台としての目的のために造られるはず。

竜の研究機関だというなら竜が羽を休ませられる広大な庭付きの施設にでもした方がいいのではないか。

そこまで考えてから、ふとシェイラは気がついた。

「……あぁ…違うわ。竜のための場所であるからこそ、この高さでも良いのね」

竜の背に乗って飛べば、こんな塔に上るのに五秒とかからない。

しかも他の建物より頭ひとつ飛び出たこの塔は空を飛んでいる竜からも見つけやすいだろう。

「竜と竜使いのための塔なのね。竜でも竜使いでもない私は一段一段あがっていくしかないけれど」

シェイラは、こつん、こつんと足音を鳴らして一段一段昇っていく。

静かすぎる空気が心もとなくて、わざといつもより音を大きく鳴らして足を踏み出した。

独り言もいつもよりあきらかに多い。

長い階段をなんとかのぼり切り、たどり着いた踊り場の正面の壁には、分かりやすく『十一』と階数を示す数字が書いてある。

そしてすぐわきにある扉にかかった黒いプレートには白字で『ジンジャー・クッキー研究室』と刻まれていた。

暗い視界の中で目を眇《すが》めてそのプレートを心の中で読みあげながら、シェイラは思った。

（……ずいぶん美味しそうな名前）

きっと初めてこの人の名を聞いたほぼ全員が、同じ感想を抱くはず。


ジンジャー・クッキーはローブをまとった小柄な老人だった。

シェイラを認めて優しく下がる目元には深い皺《しわ》。

もみあげから顎《あご》までを覆う白いひげは首元まで伸びていて、シェイラの父方の祖父母よりも年は上かもしれない。

ちなみに母方の祖父母には会ったことはない。

「水竜使いのジンジャーと申します。どうぞお見知りおきを、幼き火竜を守るお嬢さん」

「よろしくお願いします。ジンジャー様。シェイラ・ストヴェールです。シェイラとお呼びください」

優しくおっとりとした口調のジンジャーに、シェイラは安心して口元を緩めた。

彼の背には大きな窓があり、部屋の中は明るく開放感がある。

窓もなく灯りも少ない、ここへたどり着くまでの道のりとは正反対だった。

この部屋は吹き抜けの二階構造になっていて、二階部分には壁一面に造りつけられた書棚に隙間なく書物が収まっている。

シェイラとジンジャーの居る一階部分には、会議にでも使いそうな大きな机とそれを囲んだいくつかの椅子。

ソファや簡易ベッド、お茶の準備や軽い料理くらいなら出来そうな小型の薪窯《まきがま》も隅に造りつけられていた。

窓際の日当たりのよい場所に干された衣服。

ベッドにかけられた使い古したシーツ。

食べ物が整理されて置かれたキッチン戸棚の様子からして、とても生活感あふれる研究室だ。

(――もしかすると、ジンジャー様はここに住んでいらっしゃるのかしら)

「シェイラ殿？　始めさせていただいても大丈夫ですかな？」

「あ、はい。失礼しました」

他人の生活スペースを無遠慮にじろじろと見てしまっていたことに気がついて、シェイラは恥ずかしくなって頬を赤らめる。

「いいえ。興味のあるものがあれば好きなようにお尋ねください。もっとも竜に関するものばかりですので、若い娘さんにはつまらないでしょうが」

「っ……！　ここにある全ての書物が、竜に関わるものなのですか？」

表情を明るくしたシェイラに、ジンジャーは微笑を湛えて頷いた。

「ええ、全てが竜に関するものです。国立図書館に置いておけないような資料に加えて、私や、こ

の塔で研究してきた者たちが書き記したものなど。中には何千年も昔のものも置いておりますよ

……、まぁそこまで行きますと手には取れても開くことが出来ないような術を施《ほどこ》しておりますが」

「すごい、ですね……」

シェイラは薄青の目を輝かせて、吹き抜けの二階部分に並ぶ本棚をぐるりと見回す。

ジンジャーはそんなシェイラをまるで孫でも見るような優しい目で見守りつつ、白いひげの奥の口元をほころばせながら、大きな机にいくつかの本と巻物を置いた。

「……では始めましょうか。勉強と言っても記録するのに必要な知識だけですから、簡単な検診方法や身長体重の測り方、記録帳簿への記入の方法。あとは……竜が弱ったときになるべく早いうちに異常に気づけるよう、軽く病気の予備知識なども教えておきましょうか。二、三回の授業で終わると思いますよ」

「はい。どうぞよろしくお願いいたします」

とにかくシェイラに与えられた仕事をまっとうする為にも、この勉強はとても重要だ。

ジンジャーが広げた資料に集中しようと、シェイラは彼の話に耳を傾けるのだった。

ジンジャーの授業は大体二時間程度でくぎりがついた。

「ありがとうございました」

「うんうん、熱心な良い生徒さんです。また三日後にいらっしゃい。今度は火竜の子を連れて来ていただけると嬉しいですね」

「よろしいのですか？　ジンジャー様のお仕事のお邪魔になるのでは」

「いいえ。大歓迎ですとも。この私も竜の子を見たのは若いころ竜の里に出かけたときに、数える程度です。それも親竜たちが守っていたので、遠くから眺めただけで。ぜひ交流させていただきたいものです」

「構ってもらえるとココもきっと喜びます。では次は連れてお伺いしますね」

「えぇ。楽しみにしておりますよ」

自習用にと貸して貰った何冊かの本を、シェイラは今朝までココを入れて持ち歩いていた籠の中に入れる。

それを持ちながら、もう片方の手でドレスの裾を摘まんで別れの礼をした。

ジンジャーと別れてまた、シェイラは長い長い螺旋階段を下ってゆく。

空の塔の暗い足元に気を付けつつ階段を下りながら、思わず笑みを漏らしてしまう。

「すごかった……」

ジンジャーに授業を受けたのはたった二時間程度だ。

けれどその短い時間が、大好きな竜について存分に浸《つ》かれる幸せ過ぎる時間だった。

人とは違う竜の身体的特徴。

生まれたての竜の行動の特徴。

体調について気を付けておくところ。

身長体重の測り方や、記録用紙のどこに何をどのように書くのか。

おそらくジンジャーが教えてくれたのは、調べれば簡単に分かる程度の基礎知識。けれど人から変な目で見られることが怖くて、ある年頃から竜に関わるものから遠ざかっていたシェイラにとっては、全てがもの珍しく興味を引き付けられる知識だった。

「……授業、たった二、三回で終わりなのよね」

憂鬱《ゆううつ》な気分でため息を吐く。

記録をつける程度だから、覚えてしまえばシェイラにも苦労せずできそうだった。

そして少し話しただけでもジンジャーの持つ知識はすごいと分かる。

的確に、どんな質問にでも彼はすらすらと答えてくれたから。

シェイラはもっともっと、彼の話を聞きたかった。

「もっと深いところまで勉強させていただくことってできないのかしら」

そう考えて、思わず口にまで出してしまってから、はっと気が付いて首を横へ振る。

(だめ)

昔、密やかに囁かれた陰口が、シェイラの脳裏によみがえった。

異様なほどに竜に心酔《しんすい》し、他のものへの興味を一切失った少女へ向けられる、奇妙なものを見るかのような大人の目。

両親は子供を差別するような人ではなかったけれど、使用人や家に来る客人はそうではなかった。

他人の目を無視して我《が》を貫けるほどに、シェイラは意志の強い女の子でもない。

むしろ人の中に紛れて隠れてしまっている状況の方が安心できてしまうような、情けない人間だ。

(親代わりという立場である以上、親としてココを大事にするのはいいこと。でもそれ以上は駄目

だわ）

なによりもここは王城だ。

どこかの名のある貴族の目に触れて、ストヴェール子爵の娘が変人だと噂でも立てられたら困ったことになるだろう。

たとえ父や兄たちが気にしなくても、シェイラ自身が家を悪く言われるのは嫌だった。

「きちんと分別をつけなければ……ジンジャー様の授業が終わったらそれでおしまいね」

シェイラは自分に言い聞かせるため、強く頷いた。


空の塔を出たころには、すでに日は傾き始め空は茜色《あかねいろ》に染まっていた。

西の空に沈みゆく太陽を正面に、シェイラは自分の住居になっている一室を目指す。

「夕日がきれいだから庭園を横切って帰ろうかしら」

美しい光景を前にすると、建物の中にある渡り廊下を使うのはもったいない気がした。

沢山の建物と庭が立ち並んだ迷路のように入り組む王城の敷地内を、少し冒険してみたかったのもある。

だから少し回り道をして、気になる小道や庭に入り、これまで見ることのなかった王城の中を見学しながら歩いて行く。

そうして徐々に自室に近づきつつも散歩を楽しんでいると、シェイラの正面から人が歩いてくるのが見えた。

（…………？）

黒いマントとフードを深くかぶった、男のようだ。

一般の人間が入ることは許されない王城の奥地は侍女に兵、ほかに騎士以外には、身なりの良い上位貴族ばかり。

この場所ではむしろ目立つと思える恰好の男に、シェイラは首をかしげた。

（どこかの家の使いの人とかかしら）

不思議に思いながらも、しかし不躾《ぶしつけ》に見つめるのも良くないのでそのまますれ違うことにする。

シェイラが彼とすれ違ったとき、目測を誤ったのか肩と肩が当たってしまった。

「っ…申し訳ありま……っ…？」

肩がぶつかると同時に感じたのは、脇腹への重い衝撃。

（え？）

どうしてかその瞬間から力が入らなくて、一歩も前へ進めなくなってしまう。

シェイラは背筋に悪寒《おかん》が這い上がるのを感じながら、ゆっくりと……違和感を覚えた腹を見下ろした。

「っ……‼」

自分の左腹部に、深々と短刀が突き刺さっていた。

持っていた籠が手から滑《すべ》って、音を立てて地面に落ちる。

中に入れていた本が地面に散らばった。

刺された――――、とシェイラが自覚したと同時に耐えようもないほどの痛みに襲われる。

立っていられずにふらついて、どうにか踏みとどまろうと足掻いたけれど、結局ずるずると地面へと膝《ひざ》をつけてしまった。

「は……っ……」

自分の身体の中にある刃の存在が、とてつもなく恐ろしい。

（これ、やだ。怖いっ！）

混乱したシェイラはとにかく早く短刀を放り捨ててしまいたくて、それを抜こうと慌てて手を伸ばす。

持ち手へと触れた時には、すでに腹部から刀身を伝ってぽたぽたと血が滴《したた》り落ちていた。

熱くぬるりとした血の感触に、身がすくむ。

（っ……！　だ、め……）

少し触れただけでも激痛が走って耐えられない。

なんの訓練も受けていない少女は、こういう時の対応策など何一つもっていない。恐怖と痛みにただただ脅《おび》えるばかりだ。

刃物を身体の中で動かすのだから容赦ない激痛が走るのは当然で、それに耐えられるような強い精神力も持っていなかった。

これだけ動いても抜ける様子のない刀は、きっとよほど深く刺さっているのだろうと理解して、余計に恐怖心をあおられた。

痛くて痛くて仕方がなくて涙がにじむ。

痛みと同じくらいの大きさの混乱がシェイラを襲う。

全身から噴き出る冷たい汗を感じながら、シェイラは自分を刺したらしい男を滲《にじ》む視界の中で見上げた。

男のかぶったフードの奥から覗く、冷酷な殺気のこもった目が、シェイラを捉《とら》えている。

「っ……は……だ、れ……」

「…………」

あなたは誰なのかと。

とぎれとぎれだったけれど確かに通じたはずだ。

しかし男は何も言わず。振り返ることさえもせずに足早に遠ざかっていく。

翻《ひるがえ》るマントをつかもうと伸ばした手は空を切り、誰かを呼ぶ大きな声を出すことさえも叶わない。

――ぽたぽた。

ぽたぽたと、柄《つか》を伝って落ち続ける赤い血が地面へと染み込み広がっていく。

恐怖で吐き気さえ感じながらも、シェイラの視界は徐々にかすんでいった。

（っ……誰、か…）

肺から入った空気がひゅっと音を鳴らして、必死に口を動かすけれど、どうやっても意味のある言葉にはならなかった。

結局、意識を手放す瞬間まで、シェイラは何一つ抵抗できなかった。

無力な自分が歯がゆいと、初めて本気で思った――。

❖ ❖ ❖ ❖

「きゅー、きゅ、きゅっ」

鳴き声が、聞こえる。

まだ出会ってそんなに日もたっていないのに、もうずっと昔から聞いているような懐かしささえ覚えた。

その小さな竜の鳴き声に呼ばれて、シェイラの意識は深い眠りの淵《ふち》からゆっくりと現実へと起こされた。

「…………?」

うっすらと目をあけると、見えたのは白い天井。

「目覚めましたかな?」

しわがれた深みのある声の主の方へと視線を向けて、シェイラはぼやけた視界を払うかのように目を瞬かせた。

「……ジンジャー様?」

「私の室から帰る途中に襲われたと報告を受けまして、お見舞いに伺っていたところです」

「っ……! 私…」

意識を失う直前の場面が、次々と脳裏に思い出された。

刃《やいば》で貫かれた痛みを思い出し、横になったまま左腹部へとそっと手を触れる。

じくじくとした違和感は有るものの、適切な手当てが施されているようで、あのぬめった血の感触がないことに胸をなでおろした。

「……?」

シェイラは胸の上で何かが動いているのに気が付いた。

少しの重さのあるそれは、ペタペタとシェイラの胸の上を這い、首元までやってくる。

「きゅ、きゅー」

その鳴き声を聞けば、この重みの正体は誰に言われなくてもわかる。

顎へと手をかけてシェイラの顔を覗き込もうとするココの背を、シェイラは指先で優しく撫でた。

大きな赤い目が潤んでいることに気が付いて、安心させるように笑みを作って見せる。

「心配しないで、大丈夫よ」

ココへと話しかけ、その小さな身を手のひらに受け止めながら、シェイラは身を起こす。

とたんに腹部に痛みが走った。

「無理をせず、横になっていてください」

「有り難うございます。……どれくらい経っていますか?」

心配して制するジンジャーにそう返事をしたけれど、しかしシェイラは身を起こした。

沢山の疑問が渦巻いていて、身体のために横になれと言われてもふたたび眠れるような心境ではなかった。

「薬の作用で丸一日眠っておられたようです」

シェイラはシーツのかかった膝の上にココをおろし、指先で撫でながらもベッドわきの椅子に腰かけているジンジャーの方を向く。

――――あの怖さと痛さは、もう思い出したくもないほどに嫌な出来事だ。

けれど今まで体験したことのない非日常的な事件にあったのだ。

自分の身に何が起こったのか、あの男は何の目的があってあんなことをしたのかを、どうしても知りたかった。

「私を刺した男の人は……？」

「城内の警備にあたっていた衛兵がすでに捕らえております。身なりや手段からおそらく雇われた刺客。じきに雇い主も絞れるでしょう」

「……どうして、刺されたのでしょう。強盗が出るような場所でもなければ、誰かの恨みを買うような覚えも私にはありません」

「何をおっしゃる。あなたを襲おうとしている人間などいくらでもいるでしょう？」

「え？」

「ん？」

「きゅう？」

シェイラとジンジャーとついでにココの間に、一時奇妙な間が開いた。

（私を襲おうとしている人間がいくらでもいる？）

シェイラは誰かに狙われるような理由は一切思いつかない。

ただただジンジャーの言葉の意味が分からず、首を傾げるしかない。

シェイラのその反応に、ジンジャーは己の口元に手をあて、僅《わず》かに瞼をふせると考えるようなしぐさをしていた。

「ふむ……。シェイラ殿、アウラット殿下に何もお聞きで無いようですな。道理であまりに純粋な目で授業をお受けになるはずです」

「あの、どういう……」

「あの方も食えないお方ですからのう。ふむふむ。ふむ」

白く長いひげの奥で、何やら納得したようにジンジャーは何度もうなずく。

「竜の親代わりとなるのは危険を伴うこと。それに関して負う責任の重さ。アウラット殿下はあなたに何一つ説明せず、王城へ招き入れたのですな」

ジンジャーは眉間《みけん》に深く皺を刻み、重々しく長い息を吐いた。

それからシェイラと目を合わせて、まるで憐《あわ》れむかのような視線を向けてきた。

「……シェイラ殿は竜の親であることを放棄して、ご自宅へお帰りになるべきだと、この私は思います」

「っ……！　何を…ココは私にすりこみを行ってしまったから、この子を育てるのは私でなければならないと伺いました」

シェイラはただココが好きで、ココのそばにいたかっただけだ。

まるでココを取り上げようとするかのような言い分にシェイラは憤った。

しかしジンジャーはシェイラの非難の籠った言葉にも動じる様子はない。

「竜が親としてシェイラ殿を認識した以上はシェイラ殿を付けるのが最適でしょう。だからアウラット王子殿下は、あなたを王城へ呼んでまで竜の親代わりをさせようとしました。しかしそれが最適な手段というだけで、他の者が育てられないというわけではありません」

「……たしかに、私以外の人間では育てられないというのはおかしいですね」

最初に心を許し、信頼を得た人間だから一番スムーズにことが運ぶだけ。

実際には親代わりなど他の人間にでも出来るのだろう。

（私……）

そこでシェイラは、自分が自覚のないままに自惚《うぬぼ》れていたことに気付いてしまった。

今まで何の取り柄《え》もなかったシェイラにとって、自分にしか出来ない役割を与えられたことは自信にも繋《つな》がっていた。

（私でなくても、全然よかったのに）

「でも……どうしていけないのでしょうか。私ではココのそばに居る人間としていたらないということでしょうか」

「シェイラ殿……あなたは竜のそばに居る者の危険を何も知らない。ココのそばに居るならば、これからも幾度も危険な目にあうでしょう。危険を承知の上で来たのでないのならば、今のうちに帰るべきだと言っているのです」

「え？」

「強大な力をもった竜を欲するものは非常に多いのですよ。成長した竜たちならばそんな輩《やから》も簡単に排せるでしょうが、ココは生まれて間もない小さな竜。シェイラ殿一人でも片手で運んでしまえるほどの頼りない存在です。安易に竜を手に入れられるまたとない機会……悪《あ》しき連中がこぞってココを狙うのは当然でしょう。そして親として守る立場にあるシェイラ殿を邪魔者として処分しようとするのも、また当然」

「……！　私を刺した人の目的はココだったのですか⁉」

ようやくシェイラは今回のことの意味を理解した。

おそらくシェイラに刃を向けたあのフードをかぶった男は、シェイラがあのときココを連れていると思っていたのだ。

いつもはココを入れている籠を持っていたから、そこに入れているとでも踏んでいたのだろう。

人気のないあの場所でシェイラを殺して、ココをさらおうとした。

けれど刺されたと同時に散らばった籠の中身は竜《ココ》では無くて。

だからシェイラを刺した後、憎々しげにシェイラを睨みつけて彼は去っていった。

そしてジンジャーいわく、一番ココのそばにいて守る立場にあるシェイラは、竜の力を欲する者達の一番の標的になる。

「そんなの…聞いていません……」

シェイラがココの親になるうえで気にしていたのは、環境を整えてあげられないことと、そして何も知らない自分なんかが竜のそばにいるなんて恐れ多かったこと。

アウラットは王城へ住まわせてくれ、ジンジャーの授業で知識を得ることで、その不安を解消しようとしてくれた。

だからシェイラは今この場所にいるのだ。

……命の危険があるなんて、彼は一切匂わせなかった。

気を付けろとの忠告さえしなかった。

「アウラット王子は竜本位な考え方をなさる。竜にとって都合がよければそれでいい。ココがあなたを気に入ったからそばに付けただけで、あなた自身に降りかかる厄災《やくさい》には興味は無いのでしょうな。まったく、若く未来ある娘さんを何の自覚もないのを知りながらこのような過酷な道に引きずり込もうとするなど……厳しく叱っておかなければなりませんのう」

「…………」

シェイラは俯《うつむ》いて、指先でシーツをきゅっと握った。

「……そんな危険な場所で生きる覚悟は、あなたには無いでしょう。……私がココを預かりましょう。ですからあなたは王城から、竜からは離れなさい。己の身が大切なら」

「ジンジャー様……」

「言い方を変えるならば……覚悟のない甘い考えの人間に、大切な竜を任せることには反対なのです。危険も責任も何も考えず、アウラット殿下に流されるまま承知してしまったのだと分かった今、とても賛成など出来ません」

優しい人柄だった様子から打って変わって厳しいことを言うジンジャーに、シェイラの表情が悲しげにゆがんだ。

まるで突然、突き放されたような気分だった。

シェイラがお気楽な心構えでいたことを知って、怒っているのかもしれない。

（この人も『竜使い』なのね）

竜が心安らかに育つために、シェイラに身の危険を知らせずココの傍に置いたアウラット。

何の覚悟もない甘い人間に竜の傍には居てほしくないジンジャー。

結論こそ違っているけれど、二人の考え方は全く同じだ。

人より竜を愛するがための、竜本位の思考の持ち主だった。

(私は……覚悟なんて、何ももってない…)

ジンジャーの言うような、自分に降りかかる命の危険を知っても竜を守ろうとする覚悟なんて、シェイラには一切無い。

覚悟どころか、真面目に親としての責任さえ考えてなんていなかった。

シェイラはただココが『可愛い』というだけで、憧れの竜の傍にいられるというだけで『親』であることを引き受けたのだ。

勉強だってココが向けてくれる信頼にこたえるための努力ではない。

竜に関する知識を得ることが嬉しくて、だから夢中になった。

安易に引き受けてしまった自分の浅はかさが恥ずかしくて、泣きそうな気分で俯いた。

(私は、ここに居ていい人間ではないわ)

心身を賭《と》して何を犠牲にしても、竜の幸せを一番に考え行動する彼ら。

ただココが可愛いからという理由で城に来てしまったシェイラとは違い過ぎる。

シェイラは甘い考えでのこのことやってきたことを後悔した。

ココを手放し城から出ることが、最善の道のようにさえ思える。

「きゅ、きゅ?」

しかしシェイラの考えが揺らぎそうになったその直後、膝の上にいるココの赤い目と目が合ってしまう。

「ココ……」

「きゅー、きゅ！」

縦に瞳孔の入った赤い大きな目が、一心にシェイラだけを見つめていた。

落ち込んで肩を落としているシェイラを、心配そうに窺っている。

「………」

(この子は、私を信じてくれている)

浅はかで甘い考えのシェイラを、この世に生まれたその瞬間から慕《した》い続けてくれている小さな竜。

ココがくれる信頼を、裏切るようなことをしたくなかった。

シェイラはシーツを握りしめる手に力を込めた。

膝の上のココを見つめながら、決意を込めて呟く。

「いや、です」

「何？」

顔を上げて、怪訝な表情でこちらを向いているジンジャーを見据える。

「私は、ジンジャー様のおっしゃるように本当に何も考えていませんでした。ココが可愛いからとか、本当にそんな馬鹿みたいな理由で、アウラット王子に言われるがまま、流されるままにこの王城へ来たんです。……でも、ごめんなさい。何を言われたって、諦《あきら》められないのです」

最初は恐れ多いと辞退していたけれど、結局は可愛いからという単純すぎる理由一つでココの傍にいることを決めた。

今だってそうだ。

可愛くて愛おしくて大好きで。

でもだからこそ。どうしても。何をどうやっても近くにいたい。

「私の考えが甘いと言われるのならば、直す努力をします。竜の傍にいるに足らないところがあるのならば、ふさわしくなる為に必要なことを学びます」

「……ふむ」

ストヴェール子爵家の四人の兄妹たちは皆、熱血家な父の教えのもと育てられた。

本気でやりたいことがあるならば、たとえ泣きながらでも、泥まみれになりながらでもやってみればいいと。

そういう考えの家で育ったシェイラに、今の場面で悔やみはしても諦めるという結論は出なかった。

何より、一度竜に関わるもの全てから逃げた自分の過去を後悔しているから。今度こそ意地でも離したくなかった。

「今から大急ぎで学びます。たくさん考えます。ココの為になること。ココの親になるということ。何をすればいいのか、どんな覚悟をしなければならないのかを」

きっとジンジャーの言うことが正しいのだ。

命の危機にあうような状況なのに、のほほんと何も考えずやっていこうとしたシェイラは馬鹿で浅はかだ。

ココもジンジャーに育ててもらった方がきっと立派な竜になるだろう。

たとえアウラットが重視しているココのシェイラを慕う気持ちを犠牲にしようとも。

(分かっているわ……)

どちらが正解かなんて、特別賢くなくて人生経験もずっと浅いシェイラにだって分かる。それでも。

「凄く怖かったし、あんなに痛い思いなんてもうたくさんです。でも、どうしても諦められないです。お願いします、ジンジャー様。今しばらく見守っては頂けないでしょうか」

「……ふむ」

ジンジャーはシェイラの顔をじっと見つめたあと、シェイラの膝の上にいるココへと視線を落とす。

彼は手を伸ばして、皺まみれの乾いた細い指でココの首元を撫であげた。

「きゅ？」

「ふむ。ふむ、ふむ……」

ふむふむと呟きながら頷くのは、どうやらジンジャーが考え事をする時のクセらしい。

彼の考え事を邪魔しないようにその答えが出るのを、シェイラは息を殺して待った。

「は、ははは」

「!?」

ジンジャーが突然、大きな声を上げて笑いだす。

緊張して固まっていたシェイラは、驚いてびくりと身体を跳ねあげた。

同時に腹部の筋肉が収縮して傷口がちくりと痛んだ。

「よろしい」

「ジンジャー様？」

ジンジャーは自らの長い白ひげを梳《す》きながら、ふむふむと何度も頷いて見せる。

「……覚悟は、私が見たところ芽生えつつある。ならばお教えしましょう。竜と共にあるために必要な知識を。成育記録の書き方だけではない。私のここに入っている、竜にまつわる知識すべてをシェイラ殿にお教えしましょう」

「っ……！」

ジンジャーはここ、と自らの頭を指して笑った。

その頭には、数十年に渡り得てきた竜にまつわる知識が詰まっている。

彼はそれをシェイラに教えてくれると言う。

シェイラは驚きで口をぽかんと開けたまま呆けてしまった。

自分の駄目さや無知さを痛感しただけで、何の成長もしていないのに。

今の会話で、何を認められたのか。

ジンジャーはにっこりと笑って、まるで孫にでもするかのようにシェイラの頭をなでてきた。

「覚悟や知識よりも、一番に必要とするものは間違いなくあるようですからね」

「必要とするもの？」

「竜を……ココを好きだという気持ちですよ」

「っ！」

「本当に何の打算も無く、あなたはただその気持ちひとつでこの城に来たのですね。私も若いころは、周囲の何も目に入らず、ただ竜だけを追っておりました。竜にまつわる謎を一つでも解き明かしたくて、里や遺跡を巡ったものですよ。いやはや懐かしい」

「ジンジャー様。私……」

竜が好きだと公言したことはこの数年間で一度もない。

だってシェイラほどに竜に心酔している人には会ったことがなくて、変な目で見られてしまうから。

でもその気持ちが、今一番必要とする気持ちだとジンジャーは言ってくれた。

(竜を好きでも、いいのね……)

目からうろこが落ちたような。何か憑《つ》き物が落ちたような、そんな気分だ。

初めて自分はおかしく無いのだと言って貰えた気がして、シェイラの肩からすとんと力が抜ける。

王城にはシェイラと同じくらい竜を好きな人が何人もいる。

ジンジャーも、アウラットも。

人の常識よりも竜にとっての幸せを優先してしまうほどに、竜に陶酔《とうすい》している竜使いたち。

ここでならシェイラも竜を好きだと口にだしていいのだ。

それはなんて幸せなことだろう。

シェイラは深いしわの奥にある優しい目を見て背筋を伸ばした。

筋肉が伸びたことで再び腹部の傷口がチクリと痛んだけれど、構わずに深く頭を下げる。

「ジンジャー様、どうぞよろしくお願いいたします」

「こちらこそ。可愛い弟子が出来て光栄ですな」

「きゅ！」

今度こそ、間違えない。

人に言われて流されるわけでも、ただ可愛がりたいわけでもなく、危険も責任も承知の上で、竜の傍にいるに相応《ふさわ》しい人間になりたかった。

竜の子の成長

「それで？　シェイラを狙った刺客の雇い主は特定できたのか？」

執務室の椅子に腰かけ、山と積まれた目の前の書類を処理しながら、アウラットはかたわらで棒のように直立している側近に口を開く。

アウラットが今よりもう少し若い十代半ばのころ。

竜の背に乗って城を脱走しては世界中を飛び回っていたのを問題視した第一王子である兄の命により、この側近をつけられてしまった。

見張られようが止められようが、アウラットが王子業より竜使いとしての己を貫くことなど千も承知のくせに。

「どうやらバルジャマン男爵《だんしゃく》が主謀《しゅぼう》のようで。シェイラ様が籠に入れた竜の子を受付の兵に示した時に、丁度男爵も同じ場所を訪れていたのだそうです。その時に目を付けられてしまった様ですね。口の軽い刺客がいろいろ話して下さるので、芋づる式に近いうちに捕縛《ほばく》できると思われます」

「口が軽いうえに早々に捕まる馬鹿を雇うとは。男爵殿に人選の才は無いようだ」

「ええ。そのようです」

書類の用紙の右端にサインを綴《つづ》り、その真上に朱色のインクを付けた判を押しながら、ちらりと側近を見る。

「それで。調査させていたシェイラが卵を買ったという卵売りはどうだった？」

「は。ごく普通の卵売りですね。なかなか評判も良く、どこぞのものと知れない卵を混ぜるような人間でも無いようです」

「どこから竜の卵が紛れたのかは、やはり辿《たど》れないか」

「申し訳ありません」

「仕方がない」

アウラットはまた、サインを綴り、判を押すと、出来あがった書類の束を手に取り側近に押しつけた。

「ほら、できたぞ。持って行け」

「は。ありがとうございます。では私が戻ってくるまでに、こちらの決裁書類の確認を済ませておいてください」

「…………」

「何か？」

生真面目《きまじめ》で無表情な男の視線がアウラットに向けられた。

動かない顔の筋肉に、感情の無い茶色の目。面白みのない男だ。

「お前、もっと笑ったらどうだ？」

「特に不便はございません」

「……そうか。相変わらずだな」

彼がアウラットについた初めのころは冗談を言って笑わせようとしたり、表情を崩すために悪戯を仕掛けたりもしたものだ。

しかし効果はなに一つなく、すでに諦めの境地にあった。

このストイックさが一部の女性には受けているらしく、それもまた意味が分からない。

「まぁ良い。さっさといけ」

「は。失礼いたします」

ご丁寧に一度の差分もなく四十五度腰を折って、頭を下げてから退室する側近を見送った。

側近が消えたのを確認したあと、アウラットは深く息を吐きながら椅子の背もたれに背を預ける。

「はー。兄上も面倒な奴を付けてくれたものだ」

すでに国民より竜を愛してしまっているから、どうせ王子としては失格なのに。

竜使いが現王族に存在していることは政治的に大きな力にもなるから、兄も両親も絶対にアウラットを王家から解放してくれるつもりはない。

なんと面倒くさい家に生まれてしまったのだろう。

王家のしがらみさえなければ、アウラットは竜の里に移住していたかもしれない。

それほどに竜しか見えていなかった。

「旅とはいかなくても城下に散歩くらい行きたいものだな。ソウマが居れば飛んで抜け出せるのに……」

しかし今はパートナーである契約竜がいない。空を飛べなければ、兄の命令を受けている衛兵達から逃げるのはなかなかに難しい。

「あー……さて。そんなことよりココのことだな」

そして他の何よりも竜を愛するアウラットにとって、目の前の決裁書類より、今は幼き竜であるココを狙う者達がはびこっているという、この問題は非常に大切だ。

腕を組んで目をつむり、思案する。

見張り役が退室した以上、すでに政務をしようとする気はアウラットから完全に失われていた。

――これまで人の目に触れる場所に出てくる竜は、成竜のみに限られていた。

珍しい幼い竜を娯楽のために欲しがる者、見世物や売買などで価値のある商売道具として欲しがる者、成長するまで飼いならして思うがままの力を手に入れようとする者などは溢れるほどにいる。

けれど竜を守るための対策なんて、今までは何一つ必要がなかった。

「人間が剣や槍《やり》を持とうとも、竜の硬いうろこを傷つけることは相当に難しい。しかしココは幼い」

小さくて弱い、簡単に捕らえられる竜。

「なにせ人差し指と親指でつまんで持ち上げられるお手軽さだ。通りすがりにつかんでポケットに入れて持ち帰ることさえ容易すぎる」

貴重な竜を手に入れられる、またとない機会。

目を付けられないはずが無く、ココの存在を知ればそれを手に入れようと動く人間がいることは予想出来ていた。

「シェイラではココを守ることは出来ない」

そもそもが一貴族の令嬢であるシェイラに竜を守ることが出来るだなんて、アウラットも思っていない。

竜《ココ》が懐いているから、竜《ココ》が喜ぶからそばにつけただけだ。

すりこみまで行っていたのに引き離すなんて、竜が可哀そうだと思った。

だからココの守りには別の対策を取ろうとはしていたけれど、実際に手を打つ前に刺客に狙われてしまった。

これについては失策だったと思う。まさか城に入った当日に敵方が動くとは、情報が流れるのが予想以上に早すぎた。

「早急に何らかの対策が必要だが……。とは言っても、護衛を張り付けるのは、ココが嫌がるだろうしな……。こっそり特任部隊を結成するか、いや……あいつら第六感鋭いし、すぐに気付かれそうだな。あとは城内の警備強化くらいしかないか？」

どうしたものかと悩んでいるところへ、ふとよく知った気配を感じた。

アウラットは瞼をあげて窓の方をむく。

無言のままでおもむろに立ち上がり、空向こうを望むと小さく赤い点が確認できた。

自然にアウラットの口端が緩む。

「帰って来たか。ずいぶん里に長居していたようだな」

あれは間違いなくアウラットと契約したパートナーの火竜だ。

たとえ今は赤い点にしか見えないほどの距離であったとしても、アウラットが自分の竜を見間違えるはずがなかった。

彼がココのことを調べに行ってはや半月。

（里に行くまでに、竜の翼ならゆっくりでも片道数日もかからないだろうに）

仲間に聞くだけなら調査するにしてもそれほどの時間はかからないはず。

だとすると、久しぶりの里帰りに喜んだ里の者たちに引き留められていたのだろう。

何度か訪ねた里での火竜たちの性質を考えれば、簡単に想像できた。

アウラットは窓を開き、己の竜を出迎える為にバルコニーへと足を踏み出した。

開いた窓から吹いた風でいくつかの書類が宙に舞ったけれど、見なかったことにして。

❖　❖　❖　❖

シェイラは用意された私室の、庭に面した側の扉から外へでて、ココと一緒に大きな木の根元に腰かけていた。

燦々《さんさん》と降り注ぐ太陽の陽を浴びての、心地よい日向ぼっこの最中。

日光から火の気を蓄えるというココの為、こうして天気のいい日は基本的に庭で過ごしている。

シェイラの膝の上で寛《くつろ》いでいるココは、気持ちよさそうに伸びをしながらまた一声「きゅ」と鳴いた。

「いいこと？　ココ。絶対に人に火を向けてはいけないわ」

なるべく怖い顔を作って、シェイラは膝の上のココを見つめながらそう言い聞かす。

「きゅ？」

「分かってくれてる？」

「……」

「……ココ」

「きゅう」

首をかしげて鳴く姿に、うっかりほだされそうになる。

今までのシェイラなら、ココにこういう可愛い仕草で見つめられれば、幸せ気分で頬ずりでもしているところだ。

(っ……、だめだめ、我慢よ。甘やかしすぎることは、ココの為にならないの)

『親』であることを自覚し始めたシェイラは、真剣な表情を崩さないように気を引き締めた。

「あのね？　ココにとっては火の中は心地の良い場所かもしれないわ。でも人にとっては違うのよ」

本来ならココと同じ年頃の竜たちは、火事や他者への被害を心配する必要さえない。

火竜の里は岩ばかりの山だと聞くから火も回らないだろうし、もし幼い竜が火の力を暴走させたって大人の竜がフォローに回ってくれるからだ。

(けれどココは他の竜と違う。幼いころから人の中で暮らさなければならない)

可能な限り早くに分別を付けさせなければ、いつ誰を怪我させるかもしれないのだ。

だから何よりも人を傷つけることが無いようにしつけることが、一番に必要なことだと師であるジンジャーはシェイラに話してくれた。

「……ココ、理解してくれている？　それから知らない人について行ってはいけないし、危ないところへも一人で行ってはいけないのよ？」

「きゅ！」

「とても良い返事ね」

おそらく返事だけで、頭にはあまり入っていない気がする。

「うーん。どうすれば分かりや、っ……」

ため息を吐いて身じろぎすると、左腹部にひきつったような痛みが走った。

「きゅう?」

「大丈夫よ、心配しないで」

心配そうな表情を向けてくるココを安心させるため、シェイラは微笑して指先でココの背を撫でた。

もうあれから半月ちかく。

傷跡は残っているし大きく動くとこうして違和感は出るものの、日常生活を送ることに問題はない程度まで回復していた。

ジンジャーとの授業も数日前から再び始まったし、シェイラの仕事である竜の成育記録もすでにつけ始めている。

部屋に置いてある測りでの体重測定や巻き尺での身長測定はもちろん、食べたものやその日の運動量、その他いろいろ書くことは沢山あって、毎晩一時間近くかけて書いていた。

(一時間書き物をするだけで王城に住まわせてもらって、勉強もさせてもらって。お給金《きゅうきん》までくれるのだから、文句なんてあるはずもないわ)

そう思って頷いたとき。頬に一粒あたった、冷たい感触。

「あら……雨?」

見上げると、いつの間にか空を灰色の雲が覆っていた。

「さっきまで雲一つないいいお天気だったのに。……通り雨かしら。ココ、部屋へもどりましょう」

シェイラは膝の上のココを持ち上げて肩の上に乗せる。

最初のうちは籠の中に入れて移動をしていた。

けれどココは直ぐにそこから飛び上がってシェイラの肩に乗ってしまう。

籠を持ち歩く手間もなくなって、ココと視線も合わせやすいからシェイラもこの体勢は気に入っていた。

部屋のすぐ前の木陰にいたから、室内に入るのには十数歩程度歩くだけ。

その十数歩の間にも、降る雨粒は激しくなっていく。

遠くには雷の音も聞こえていた。

部屋にたどり着いてガラス製の扉を閉めたころには、もう本格的な雨模様になっている。

後ろ手で扉を閉めた途端、雨をしのげたことに安堵《あんど》の息を吐いたシェイラは、顔をあげてすぐ目に入ったものに、薄青色の目を驚きで見開いた。

一人の見知らぬ女性が、部屋の中央に立っていたのだ。

その人はゆっくりとこちらを向いた。

「あの……」

一歩、シェイラが彼女へと近づくと、ひやりとした空気が肌を撫でた。

まるで早朝に霧の中を歩いているかのような、少しの湿り気を帯びた冷ややかな感覚だ。

彼女は水色の髪を編んだ束を、肩から前へと流している。その髪には大粒の真珠で出来た髪飾りがちりばめられていた。

また一歩近づいて、はっきりと正面からその女性を見たシェイラは、驚きで固まってしまう。

「っ……!?」

彼女の白い染み一つない綺麗な肌はしっとりとしていて、涼やかな流し目は深い海の底へ吸い込まれるかのような青。

冷たささえ感じるほどに美しく整った顔のつくりにも驚いた。

だがシェイラが固まってしまったのは彼女のその美しさにではない。

――そのありえない恰好に、固まったのだ。

豊満な胸元を包むのは青く艶光《つやびか》りする、三角形の薄布だけ。

布は小さすぎて、胸の半分も隠していなかった。

すこし動けばあっと言う間に落ちてしまいそうで、女として気が気でない。

彼女は不思議な素材の透けたショールを肩から羽織《はお》っているけれど、透けているからもちろん肌を隠す役割ははたしていない。

上半身はその胸元の布と透けたショールだけだ。

あとは左手首に細い銀の腕輪を何本か通している。

鎖骨《さこつ》や肩、首筋はもちろん、みぞおちから腰まで、白い素肌をこれでもかと言うほどに晒《さら》している。

下半身も同じような露出具合で、少し爪でひっかいただけで裂けてしまいそうな頼りない腰のスカートには深くスリットが入っており、足のほとんどを露出している。

本当に最低限の布しか纏っていない女性に、シェイラはただただ戸惑った。

ネイファではいくら身体に自信がある女性でも、精々《せいぜい》胸元の開いたドレスを着るくらいだ。腹部や足をさらけ出すなんて、有り得ない。

（いえ、たしか……祭りの舞台で踊っていた砂漠の地方からきた踊り子が、こんな恰好をしていたわ。もしかすると異国の踊り子さんかしら……）

どう考えたって侵入者とは思えないほど堂々としているから、許可を得てこんな王城の奥にいるのだろう。

王城なのだから、異国から踊り子や楽団を呼ぶこともあるはずだ。

どうしてシェイラとココの部屋にいるのかは、どうやっても理由がつかなかったけれど。

「熱いわ……」

容姿と同じくらい、透き通った綺麗な声で彼女が呟いた。

シェイラは首をかしげながら、反射的に返事をする。

「そう、ですか？　雨で気温も下がってきたみたいですけど」

季節は秋から冬へと差し替わろうというころ。

いくら天気が良い時でも、暑いと思うことはない。過ごしやすい気候の季節だ。

そのうえ今は雨が降っていて、肌に感じる気温は明らかに下がっていた。

そもそも彼女の露出の激しい恰好では、むしろ肌寒いくらいだろう。

暑いという言葉に不思議がるシェイラに、水色の髪の女性はくすりと笑いを漏らした。

「いいえ、そうではなくて、その小さな火竜さんの火の気が少し熱くて」

女性はシェイラの肩の上に乗っているココを見て、そのあとシェイラへと視線を移した。

「火竜の、気？」

「気になさらないで。まだ調整できるような年ではないから仕方ありませんもの」

深い海の底を思わせる色をした切れ長の瞳の力の強さに、シェイラは彼女から目が離せなくなる。

今度は彼女が足を動かして、一歩シェイラに近づいた。

同時に、手首に付けられた何本もの腕輪が揺れてシャラシャラと綺麗な音をたてた。

ゆっくりとした動作で、彼女がまた一歩こちらの方へ近づこうとしたとき。

「ぐ、ぅぅぅ」

「ココ？」

ココが突然、低いうなり声をあげた。

初めて聞くその声に、驚いたシェイラは肩からココをおろして手のひらにのせ、まじまじと見下ろす。

ココはシェイラから背を向けて女性の方を睨んでいる。

いつものように大きな赤い瞳でシェイラを見つめてはくれない。

「きゅーう！」

鳴き声を出すとともに、大きく息を吸うような動作をする。

吸い込んだ空気で丸い腹部が少し膨《ふく》れたように見えた。

事態の呑み込めないシェイラが呆けている間に、ココは口を開けて小さな白い牙《きば》をのぞかせた。

「あらあら」

ココのその様子に、女性は目を細めて柔らかく笑う。

次の瞬間。

ココが吸い込んだ空気を吐き出したかと思えば、それは何と火の塊《かたまり》だった。

「ココ⁉」

（注意したばかりなのに……！）

あの自信満々の返事は、やっぱりシェイラの言葉を理解してのものではなかったのか。

何度も何度も言い聞かせていたのに、ココはためらうことなく火を人に向けて放ってしまった。

ココが火を扱うのを、シェイラが見るのは初めてだった。

止める手立てを思いつく間もなく、ココが吐き出した一抱えほどもある火の塊が目の前の女性へと向かっていく。

熱風が巻きおこり、室内の気温が一気に上がった。

――――もう目の前の女性が大火傷《おおやけど》を負うのを止められる手はない。

シェイラの心臓はとたんに縮みあがり、一瞬息が止まった。

「っつ……！」

火の塊が、女性を襲うその瞬間にも、歯がゆいことにシェイラは一歩も動けなかった。


けれど。予想していたような惨事は、どうしてか起こらなかった。

ココが放った火が女性へと届く直前に、女性の目の前に透明な円い壁が、突如現れたのだ。

「え……。これって、水…？」

その透明な壁は水で出来ているらしい。

向こう側は透けていて、表面が波打っている。

ココの放った火がぶつかったとたん、火と水の壁の境目から水蒸気が一気に吹き出して、霧のような薄靄《うすもや》が室内を満たした。

呆けて突っ立っているしかないシェイラに、目の前の女性はおっとりとした所作で目尻を下げて微笑む。

「反する性質の私が突然現れて驚いたのね。当たり前のことだから、叱らないであげて」

「反する性質？　あなたは一体……」

「私は水竜のクリスティーネと申します。以後お見知りおきを、シェイラ様」

「水竜！　もしかしてジンジャー様のパートナーの？」

「ええ。ジンジャーにあなたのことを聞いたものですから、挨拶にお伺いいたしましたの」

突然の竜の出現に驚きつつも、シェイラはすんなりと納得した。

人ではありえないほどの美貌。

人ではありえない水色の髪。

人とは何処《どこ》か違う、神秘的な雰囲気。

親しみやすいソウマやココしか竜を知らなかったけれど、むしろ彼女こそが『伝説の生き物』や『聖獣』と呼ばれるにふさわしい、気高い存在に思える。

我に返ったシェイラは片手で慌ててスカートの裾を摘まんで挨拶をする。

「シェイラ・ストヴェールと申します」

「えぇ、どうぞ宜しく。夏の間は王都では暑すぎて、水竜の里の方へ帰っていたものですから、お目にかかるのが遅れて申し訳ありません」

「いえ！　とんでもありません……それよりも、その…」

シェイラは慌てて首を振ってから、頬を赤らめながらクリスティーネからわずかに目線を逸《そ》らす。

「出来ましたら、何か羽織っていただければ」

彼女の恰好は、経験の浅い十代半ばの純朴な少女には刺激的すぎた。

しかし本人は堂々として一切の羞恥《しゅうち》を感じていないようだ。

姿勢正しく胸を張っているから、余計に豊満な身体が強調されている。

見ているシェイラの方が恥ずかしくて直視できない。

「服を着るだなんてそんな面倒くさいこと。人の文化を押し付けないでいただけるかしら」

にっこりと美しく笑いながらも、しかし少々きつい口調でクリスティーネは当然のようにそう返した。

「あ……」

確かに竜は本来の姿を取っている時に衣服を着ないのだ。

ソウマは衣服を着ていたけれど、それもわざわざ人《こちら》の文化に合わせてくれているということだろう。

「も、申し訳ありません。そうですよね」

シェイラは慌てて頭を下げた。

「自分の意見を押し付けるようなまねをしてしまって、ご気分を悪くさせてしまいました」

「分かれば宜しいわ。あなたは素直に自分の非を認める子なのね」

満足気に頷いたクリスティーネが、シェイラの頭を撫でる。

小さな子供を褒めるふうな手がくすぐったい。

「いやいやいや、納得するな。そこで謝るな、シェイラ。竜だって羞恥心くらいあるから。服を着るのは常識だって思ってるから！」

「ソウマ様！」

背後から声をかけられて振り向くと、ソウマが呆れた顔でこちらへ向かって来ていた。

「里からお帰りになっていたのですね」

「あぁ。今朝早くにな」

気安く微笑んだソウマは、シェイラの頭をポンポンと軽く叩いてくる。

それからくしゃりと乱雑に、大きな手で髪が乱れるほどに撫でられる。

「…………」

続けざまに竜たちから頭を撫でられてしまった。

(どうもさっきから子供扱いを受けているような気がするのだけど)

竜は軽く三百年以上は生きる生き物らしい。

ソウマが三十歳前後に見えるということは大雑把に見積もっても九十~百歳程度のはず。

それだけ離れているのだから、十五歳のシェイラが子供扱いされても仕方がないのかもしれない。

シェイラがソウマの年齢を推察している間に、ソウマとクリスティーネは会話を交わしていた。

「あら、ごきげんよう」

「久しぶりだな、クリス。相変わらずの服嫌いか……」

「皆して煩《うるさ》いから、譲歩して最低限の場所は隠してあげてますでしょう?」

「……そうデスネ」

ソウマは呆れたふうに苦笑してから、シェイラへと耳打ちをする。

「これだけ着せるにも結構な説得があったんだよ。ジンジャーが叱ってやっとって感じで……目のやり場に困るだろうけど、拗《す》ねられて全裸で歩かれたりしたらややこしいから、クリスの服については突っ込まないでやってくれ」

「は、はい」

「聞こえておりますわ、ソウマ」

クリスティーネはしかし気分を害したようすもなく、微笑を浮かべてココを指す。

「それで、この迷い竜。ココでしたかしら? 火竜の里で何か情報は得られましたの?」

クリスティーネの問いに、シェイラもソウマへと視線を向けた。

ソウマはおもむろにため息を吐き、首を横へ振る。

「いいや。行方知れずの卵にも、妊娠してそうな雌竜にも、心当たりのある奴は誰もいなかった」

そう言うと、今度は歯を見せて朗《ほが》らかな笑みをみせ、またシェイラの頭を掻き撫でた。

「ってことで、母竜にココを返すっていう可能性はほぼ消えた。ココがでかくなるまでしっかり世話してやってくれな」

大きな手で乱雑に撫でられて、シェイラの視界がぐらぐらと揺れる。

「は、はい……!」

ココのそばに居られることは嬉しいので、シェイラは大きく返事をした。

するとさらに大きな動作で撫でられてしまい、手のひらに乗ったままでいたココは揺れに耐えられなかったのか、手の中から飛びたち、ソウマの周囲を怒ったように飛び回った。

「きゅー！　きゅう！」

「はいはい。悪い悪い。お前の大事なシェイラに乱暴はしないって」

「……！　ソウマ様、ココの言葉が分かるのですか⁉」

「え？　あぁ、そうか。人語を話すのは人型になれないと無理だし、念波での会話もまだ出来ないのか。ちっさいと人間との意思疎通に苦労するなー」

「あら。でもそろそろ人化の術を使える頃でなくって？」

クリスティーネがそう指摘したとき、窓から光の筋が降ってきた。

その眩《まぶ》しさにシェイラが思わず窓越しに空を見上げると、雲の隙間から日が差し始めている。

どうやら通り雨だったらしい。みるみる間に太陽が顔を出していく。

(この分だと今日はもう一度日向ぼっこができるかもしれないわ)

覗きつつある空の青い色に、シェイラはそう思いながら会話に戻ろうとココへと目を向けた。

するとなんと、空中で日の光を浴びたココの体が淡く光っていた。

「ココ⁉」

「お？」

「あら。噂をすれば丁度……」

ソウマとクリスティーネは、宙に浮いた状態で光るココを見ても動揺さえしていない。

慌てているのはシェイラ一人だ。

（ひ、光ってるのに……‼）

どうしてそんなに平然としていられるのだと、出来ることなら叫びたかった。

生き物が発光するなんて、普通に考えて相当おかしなことなはず。

驚くのも、慌てるのも、当たり前のはずだ。

それなのに動揺しているのが自分一人だなんて、意味が分からない。

「光ってますよ⁉　竜って光るものなのですか⁉」

「普通は光らないな」

「どど、どうすれば！」

「放っておいて大丈夫だ」

「そんな……！」

あまりに呑気《のんき》すぎる反応に、シェイラは思わずソウマに責めるような視線を向けてしまう。

「成長の一過程ですわ。慌てなくても、もう終わりますわよ」

クリスティーネに言われて、視線をソウマからココへと移す。

すると本当にココを包む光は目に見えて薄くなっていった。

しかしシェイラは、ほっと胸を撫で下ろすことは出来なかった。

何故なら、光の中から現れたのはシェイラの見知ったココではなかったから。

「しぇーらぁっ！」

舌足らずにシェイラの名を呼びながら、光の中から出てきた子供がシェイラの胸へと飛び込んできた。

シェイラは混乱して事態が理解出来ないままに、その小さく柔らかな子供の身体を受け止める。

子供は赤い髪をしていた。

ソウマと同じ、人間の赤毛とは一線を画す真紅とも呼べるほどの鮮やかな色のそれは、張りがあってところどころ外に跳ねている。

そして頭の両端から生えた乳白色の小さなツノと、背中に生えたコウモリのような形の鱗に覆われた翼、縦に瞳孔の入った鋭さを感じさせる赤い瞳に、この子は人間ではないのだと認知せざるを得なかった。

「ココ、なの……？」

「しぇーら！　しぇーら！」

人で言えば二、三歳だろう年のころのその子は、きゃっきゃと楽しそうな声を上げながら、シェイラの腕の中でシェイラの名前を呼ぶ。

「ココもついに人化の術を会得《えとく》したかー。子供の成長は早いな」

「けれど角と翼が出たままですわ。人社会に溶け込むにはもう少し精度を上げなければ」

「でも誰かさんと違ってまともに服着てるぞ？　角や翼よりそっちに気を使ったあたり偉いよなー」

「ソウマ、もしかするとあなたは私を怒らせたいのかしら」

「はっはっはー。まさかとんでも無い」

「……その顔が面白がっているのと語っておりますわ」

突如現れた水の塊がソウマの頭上に降り注いだ。

「冷たっ！　びしょぬれじゃないか！」

「どうせ火竜術ですぐに蒸発させられるでしょう」

「出来るけど！」

シェイラは驚いてただただ呆けてしまっているのに、ソウマとクリスティーネは当然のようにこの事態を受け入れていた。

しかも何だか楽しそうに言い合いをしてじゃれてもいる。

（さっきまで片手サイズだったのに。どうしていきなりこんなに大きく？）

細かな作業に向いている人の姿は使い勝手が良いらしく、竜達は結構日常的に術で人型になっていると、ジンジャーの授業で学んで知っていた。

けれど生まれて半月程度しかたっていないのに、突然三歳ほどに見える子供になるなんてことはまだ聞いていないし、予想もしていなかった。

考えていたのとくらべて、成長が急すぎる。

「あの……」

「うん？」

「突然、一瞬で何倍にも成長しましたよね？　生後半月と言えば、人間だとまだ首も据《す》わらない赤ん坊なはずなのに……驚かないのですか……？」

困惑したシェイラの疑問に、ソウマは首をかしげて考えるようなそぶりをみせた。

もうすでに彼の髪も服も濡れていない。本当にあっという間に乾かしてしまったらしい。

「うーん……人の形に見せかけるだけの術だからな。三百歳超えたよぼよぼの竜が人間で言う十歳くらいの子供の姿していることも普通にあるし」

「けれどこの術が出来るようになったということは、成長していたということですわ。竜の姿に戻ったときにも一抱えくらいの大きさになっているのではないかしら」

「だろうな。でも竜ってそういうもんだし。成長速度とか？　そういうの気にしていたらもたないぞ」

「ええ。そういうものですわ。疑問なんて持ったこともございません」

「……そう、ですか」

シェイラはがっくりと肩を落とす。

竜自身が二匹揃って『そういうもの』だと言うのだから、そういうものなのだろう。

シェイラがソウマやクリスティーネの見た目からこれくらいだろうなと、推測していた年齢には、まったく信憑性《しんぴょうせい》が無くなった。

いったい彼らはどれだけの年月を生きているのだろう。

ちらりと視線を送ったシェイラに気付いたソウマが、不思議そうな顔をしている。

黙っているのも変だし、考えても分からないので、この際聞いてみることにした。

「ソウマ様とクリスティーネ様も、見た目とは違う年齢でいらっしゃるのでしょうか」

「俺たち？　俺は今年六十七……いや八？　んー……九、だったかな。まぁ多分そのあたり」

思っていたより若かった。

クリスティーネの方はどうなのだろうと彼女の様子をうかがってみると、何故かとても美しい、完璧な作り笑顔を返された。

「シェイラ」

「はい？」

「女性に年齢を聞くものではありませんわ」

「……はい」

（この話はしてはいけないのね）

悟ったシェイラは、しっかりと頷いた。

とにかく、やはり人の子や普通の動物とはまったく違うのだ。

ココのあっと言う間の成長に、彼らとの違いを改めて実感させられた。

事態を受け入れようと、落ち着く為に息を深く吐いていると、胸に抱いた三歳ほどの子供の姿をしたココが手を伸ばしてシェイラの頬へと触れてくる。

（柔らかい……）

小さくて柔らかな子供の手。

シェイラの頬を撫でるそれには、竜の姿の時にあった尖った爪ではなく、丸く形の整った可愛らしい桜色の爪が付いていていた。

ふんわりと鼻をくすぐったのは、幼い子供独特のミルクのような甘い優しい香りだ。

「ココ、男の子だったのね」

「「今更？」」

大人の竜二匹の声が重なった。

「確認しそびれていたと言うか、確認するすべがなくてうやむやになっていまして。男の子、であっています？」

三歳ほどの子供の姿になったココは、襟《えり》付きの白いシャツに濃赤のショートパンツ姿だった。胸元にはルビーのような宝石をあしらったブローチがついている。

足元は黒のニーソックスに濃赤色のブーツ。貴族の幼い少年を思わせる恰好だ。

顔立ちも女の子と言うには少し凛々《りり》しく、ところどころ無造作にはねた短い髪から見ても、間違いなく男の子だろうとシェイラは思ったのだが。

「ああ、間違いなく男。竜の姿だと雄雌の見分け方って分からないもんなんだな」

「……どうやって見分けてらっしゃるのですか？」

尋ねてみると、ソウマとクリスティーネは考えるように視線をさまよわせて、また声を重ねて答える。

「「感覚？」」

「……そうですか」

もう半笑いで頷くしかない。

竜のままの姿での雄雌の判別法は、シェイラにはどうやっても会得できなさそうだ。

そうしていると、腕に抱いたココがさらに身を乗り出してきた。

首をかしげて見つめ返してみたけれど、ココはもじもじと何だか恥ずかしそうにしている。

「どうしたの？」

「んー、っとねぇ。ココねぇ」

「うん？」

ココは恥ずかしそうに頬を赤らめて下を向く。

小さな手をさまよわせて何度か躊躇《ためら》ったあと、意を決したようにぱっと顔を上げて、はにかんだ笑顔を見せた。

「ココねぇ、しぇーら、だいすきぃー」

「っ……」

可愛い声で、可愛い幼い子に、にっこりと微笑まれた上に、たどたどしい舌たらずな言葉づかいでそんなことを言われてしまった。

可愛すぎてシェイラの頬と目元は無意識に緩んでしまう。

シェイラはココのふっくらとした頬に、自分の頬を擦り付けた。

「ココ、可愛い……」

思わず呟いてしまって、またさらにシェイラの頬は幸せな心地につられて緩んだ。

可愛いくて小さくて温かな生き物に一心に情を向けられるのは、この上なく幸せな気分だった。

「可愛い可愛い。大好き、ココ」

そう言って、抱きしめる腕に力を込めた。

ココの額に自分の額を合わせ赤い目と視線を合わせれば、ココは楽しそうに声を上げて笑った。

「ココもすき！　しぇーら、だいすきー！」

「ココはいい子ね」

「ここ、しぇーらといっしょにいたい。ずっとずっと、いっしょしてくえる？」

「えぇ。もちろんよ。ずっと一緒ね」

ココが大きくなり、この場所から飛び立つときまで。という期限付きではあるけれど。

それでも一緒にいたいという想いは本当だから、シェイラはためらいなく頷いた。

その言葉が、何を引き起こすかなんて想像もしないで。

――ずっと一緒にいる。

そう問われて頷いた直後に、それまでのほのぼのとした空気は一転した。

最初に異変を感じたのはソウマのようで、彼は厳しい一声を上げた。

「っ‼　待て‼　やめろココ‼」

ソウマの必死な声に、シェイラは何事かと彼の方を振り向こうとした。

でもそれは叶わなかった。

「っ……⁉」

「シェイラ！」

「あら、まぁ……」

クリスティーネも何か気づいたようだが、やはりこれも聞くことさえままならない。

なぜなら突然シェイラとココを取り囲む光の渦が出現し、阻《はば》まれてしまったから。

風が巻き上がり、シェイラの白銀の髪をまとめていたリボンがほどけて翻る。

光と風と、そして火が渦を巻く。

不思議と熱くはなかったけれど、渦巻く力の流れは荒々しく足元がふらついてしまう。

シェイラは驚いて思わず目をつむった。

「ココっ！」

状況がさっぱり分からないけれど、とにかくココを守ろうと引き寄せてきつく腕に力を込めた。

❖　❖　❖　❖

シェイラの腕を、ココが優しく叩いた。

「しぇーら」

その声につられて恐る恐る目を開けると、先ほどまで吹いていた風はもうやんでいた。

淡く光る白い空間に、シェイラとココの二人だけがいる。

「……なに？」

上も下も右も左も分からない。

今、自分が地面に立っているのかさえも不明瞭だった。

全身が軽くてふわふわとした浮遊感があるから、もしかすると宙に浮いているのかもしれない。

周囲を見渡してみると白く広い空間に、赤く輝く星のような瞬きが無数に広がっていた。

「しぇーら、いっしょ、ね」

ココが柔らかな頬を綻ばせてまたそう言うから、シェイラは今の異常な状況であるのにもかかわらず頷いた。

「ココと一緒にいるのは当たり前よ。大好きだもの」

爛々と輝くココの赤い目を見て笑うと、幸せそうな笑みを返してくれる。

赤い星空が瞬くのみの、何もない白い空間。

不思議と怖いという感覚はない。

何か大きな力に守られているような、不思議な暖かさが全身を包んでいる。

危険な場所でないのだと、どうしてか分からないけれどなんとなく悟った。

「ココ、大好き」

子供の身体を、心を込めてもう一度抱きしめる。

そうするとココも小さな手を伸ばして、シェイラの首に手を回し、力を込めてくる。

――――その時。

耳朶《じだ》を切り裂くような大きな破裂音が響いた。

「っ……‼」

ぱんっ！　と突然鳴ったその音に、驚いて、シェイラはまた目をつむった。

赤い星が消え

白い世界は黒に

暗転する

❖　❖　❖　❖

「……契約不成立？」

クリスティーネの澄んだ声が聞こえて、そろそろと目を開けるとそこは元居たシェイラとココの私室だった。

カーペットにしっかりと足も着いている。

今までいた場所で感じていたような浮遊感もない。

なんとなく怖くて慎重に足元を確認したあとに、ゆっくりと周囲を見回すと、ソウマとクリスティーネが虚をつかれたような、何とも言えない表情でシェイラとココを見ていた。

彼らの顔を見て、やっと元に戻ったのだと実感できた。

あの白い空間のなごりはどこにもない。

間違いなく、現実の世界だ。

「何ですか、いまの……」

「うぅー！」

「ココ？」

「なんで、なんでぇー‼」

シェイラの腕に抱かれたままのココが、突然駄々をこねて手足をばたつかせる。

「ど、どうしたの？」

「しぇーら、いいって言ったのに！　いっしょって言ったのに‼」

目じりに涙を溜めながら、ココは握りこんだ小さな手でシェイラの胸元を叩いてくる。

幼い子供程度の力と言っても、精一杯の力で叩かれればさすがに痛い。

理由さえわからず何度も何度も叩かれて、シェイラは戸惑うばかりだ。

それに腕の中で暴れられるとココを落としてしまいそうで、その事にも焦《あせ》ってしまう。

「ココだめよ、おとなしくっ……。痛っ、──ねぇ、聞いて……、ココっ」

「いーやー！」

慌てるシェイラを助けてくれたのはソウマだった。

大きな手がココのシャツの後ろ襟をつかみ、シェイラの腕からココを引き抜いてしまう。

「こーら！　我儘《わがまま》言うんじゃない！」

「…………？」

「いーやー！　いっしょがいーの‼」

ソウマの手に首根っこをつかまれ、ぶらぶらとその大きな手にぶら下がっているココ。

赤く染めた頬を膨らませて、目に涙を溜めて、ソウマの手から抜け出そうと必死に四肢をよじっている。

吊り上げた目で不満げにソウマをにらんだと思えば、ココは大きく息を吸う動作を始めた。

「ココ！　だめ……‼」

「やー‼」

止めようと手を出したときには遅かった。

ココの口から盛大に炎が吹き出される。

小さな口から吹き出された大きな炎は、ココを捕らえているソウマの顔面めがけて放たれた。

赤い炎がソウマの顔を覆いつくし、シェイラは真っ青になった。

周囲の温度が一気に上がり、熱に弱い水竜であるクリスティーネは無言のまま顔をしかめている。

「だめでしょうココ！　どうしてそんな事をするの！」

約束を破ったココへ、シェイラは今度こそ厳しい声を飛ばした。

クリスティーネに向けたときは、クリスティーネ本人が叱らないでと言ってくれたから何も言わなかったけれど。

人に向けて炎をだすことは絶対にやってはいけないと、何度も言い聞かせていたのに。どうして分かってくれないのだろう。

「っ‼」

叱られたココの身体がびくりとすくむ。

同時に口から吐き出していた炎もとまり、炎に覆われていたソウマが首をふってその名残さえも消してしまう。

彼の皮膚には一つのやけどさえも見当たらない。

「俺に炎が効《き》くわけないだろ。……って言うかお前、シェイラが分かってないのに無理やり同意を得て契約しようとしただろう！　この馬鹿……‼」

ソウマの怒鳴《どな》り声が空気を震わせる。

これだけ怒っているソウマを見るのは初めてだ。

「契約……？」

「ココは契約の術を使おうとしたのですわ」

「っ……、確か感情をある程度共有するようになるのですよね」

「悲しいや、嬉しいなどの非常におぼろげな感情がなんとなく伝わってくる程度ですけれど。あまり強く感情を繋げてしまうと、色々困りますし」

振り向くとクリスティーネが微笑を浮かべていた。

「竜と人とでは価値観が違いすぎるのです。だから信頼を置く人間が現れて、心から相手のことを知りたいと望んだときに契約という手段を取るのですわ」

クリスティーネが知りたいと、分かりあいたいと願った人間はジンジャーだった。

どこか幸せそうな微笑をたたえて話すクリスティーネに、彼女が今誰を想っているかなんて聞かずとも分かる。

クリスティーネは契約についてシェイラに説明してくれたあと、言葉を止めて不思議そうにしている。

「先ほどのように、ココからの一緒に居たいという申し出にシェイラが同意した時点で、契約を結ぶための条件はそろったようなものです」

「でも、なんだか弾《はじ》かれました」

「ええ。私が見た限り術に不備はなかったはず……けれど、契約は不成立に終わりました。きっとココが幼すぎるからね。さすがにここまでの幼さで契約をした竜なんて前例がありませんもの」

どこか緊張感に欠けるおっとりとした様子のクリスティーネ。

彼女とは反対に、ソウマは真剣な面持《おもも》ちでココをにらみつけていた。

竜の荒々しい獣《けもの》の部分が、ほんの少しだけ顔を出しているようにも見える。

「竜と人間を一生縛ることになる契約だ。破棄するには相応の代償が必要になる。簡単に、しかも相手が理解していないのにしていい事じゃない」

低く唸《うな》るような迫力のある声に、さすがのココも脅えたふうに身をすくめる。

驚きと恐怖からか、さっきまで目にたまっていた涙も引っ込んだらしい。

「いいか。二度とやるなよ。もし契約するにしても、それは成竜になって分別がつくようになってからだ」

「わ、わかった…」

迫力のある言い聞かせに、ココは眉を寄せて不満そうにしながらも、こくんとひとつ頷いた。

「あと迷惑かけたんだから皆に謝れ」

「ごめいにゃさい……」

「よし」

ココが反省したのを確認してから、ソウマはやっと笑顔を取り戻した。

襟元をつかんで宙にぶら下げていたココを地におろし、シェイラにしたのと同じように、その大きな手でココの頭を撫でまわすのだった。

人と竜の恋の果て

ココが人化の術を覚えてから、すでに二か月あまり。

たまに竜を狙う人が来るらしいと聞くけれど、ココのもとまでたどり着く前に排除されていて、目に見える範囲ではとくに大きな物事もなく平穏な日々が続いていた。

ココは順調に育ち、ある程度の力の調整も出来るようになってきている。

そして空の塔の十一階。

ジンジャーの研究室兼住居で、今日もシェイラは授業を受けていた。

「しぇーらぁ。おそといきたーい」

本棚の前でジンジャーに説明を受けていたところ、スカートのすそを引っ張られた。

足元を見るとココが期待に満ちた瞳をこちらに向けている。

ついさっきまでソファで寝ころびながら絵本を読んでいたはずなのに。

「授業が終わったらお庭で遊びましょうね」

シェイラがココの頭を撫でながらそう言うと、ココは怒ったように頬を膨らませる。

「いやっ。おにわじゃないの！」

「……どういう事？」

絵本に飽きて庭遊びがしたくなったのだろうと思ったのだけど、どうやら違うらしい。

首をかしげるシェイラに、ジンジャーが優しい声をかける。

「城の外に行きたいということではありませんかな？」

「外へ？　そうなの、ココ」

「そうなのー」

「そう…外へ……。今までは私の肩の上にばかり居たのに」

二本の足で歩けるようになったココは、走ったり歩いたり出来るのが嬉しいようで、人型に翼の生えた姿でいることが多くなった。

そして大きくなった翼を使ってどこへでも飛んでいけるから、これまでシェイラの傍から離れようとしなかったのが嘘のように行動範囲を広げていた。

一瞬、目を離せばいなくなっていることに最初は慌てたものの、アウラットには警備は強化され安全だから放っておいても大丈夫と言われた。

城中の衛兵や侍女にも通達をし、城の中にさえ居るならば誰かしら見守るように手配もしてくれているらしい。

たとえまた何か怪しい人が居ても、今ほどに成長して火を吐けるようになったのなら、よほどの者で無い限りココが自分で撃退出来るだろうと。

（確かにあんなに大きな火の玉を吐けるのなら、大抵の人には負けることもないでしょうけれど）

ココにも城壁から外へだけは行かないようにと毎日のように言い聞かせていた。

それでもシェイラは一時間もココの姿が見えないと、何かあったのではと居てもたってもいられなくなってしまう。

過保護だとわかりつつ、ココを探して城中を駆け回っている毎日だ。なんとなく筋肉が付き、体力も上がった気がする。

城の外でココを狙った者が現れたとき、はたしてシェイラはココを護《まも》れるだろうか。

何の武術も会得していない、ごくごく普通の貴族の娘として育った身でそれが不可能なのは自覚しているし、もちろん他の誰から見てもわかるはず。

だからと言って大がかりな警備はココが自由に遊べなくなって、わざわざ外出した意味もなくなってしまう。

そもそもが人と竜の契約で、よほどの理由がないかぎり竜の行動を縛ることは禁じられているはずだ。

ココに一人で城壁の外へでてはいけないと言い聞かせることは、そのよほどの理由に含まれている。安全を確保するために必要だった。

「実家へ顔をだすくらいなら問題ないのでしょうけど。ココは広い場所を飛び回りたいのよね？」

「うんうん。たかくたかくとびたいの」

ココが両手を大きく上げてぴょんととび跳ねる。

「どうしようかしら」

渋い顔をして思案しているシェイラへ、ジンジャーがある提案をしてくれた。

もう今日の授業は終わりとばかりに、深いしわの刻まれた手で持っていた古い書物を閉じながら。

「ソウマを付けられてはいかがですかな？」

「ソウマ様ですか？　……確かにソウマ様が居れば安全ですし、ココもよく懐いているから理想的ですけれど。でも、アウラット殿下の傍に仕えているお方をお借りするのは気が引けます……」

「問題ありません。断る理由もないですし、大丈夫でしょう。とにかくソウマに相談してみなさい」

「だいじょーぶ。だいじょーぶ。そーまといっしょに、おそとっ！」

ジンジャーが笑顔になってそう勧めてくれた上、ココも外へ出ることを諦める気配がない。

シェイラは授業を終えたその足でソウマの元へと赴くことにした。


「じゃあロワイスの森にでも行くか」

「やったぁ！」

「有り難うございます。ロワイスの森？　確か王都の東側にある森のことでしたよね」

「そう。あそこはアウラットが所有している土地だから一般人は入れない。ココの角や翼を認めて何か言われることもないからな。俺が居れば護衛なんて必要もないし」

「あ」

気軽に引き受けてくれたソウマに言われて、ココの背中に生えた翼が珍しいものなのだとシェイラは思い出した。

見慣れてきて忘れがちだけど、竜を連れていたりすれば注目を浴びるのは当たり前だ。

「ソウマ様。やはりココの角や翼は隠したほうが良いのでしょうか」

「いや、別に見られてもいいんだけど。むしろ喜ばれるし。ただ拝《おが》まれたり感動のあまり号泣されたり、祝福を授けてくれーって懇願《こんがん》されたりして面倒だから、人間の集まる場所じゃあ大体の竜は人の振りしてるんだよ」

ココを肩車しながら、ソウマは苦笑した。

「それは戸惑いますね……」

「祭りとかの催しものになると結構な数が紛れてたりするんだけどな。遊びにいくなら、注目されるのは避けたいだろ？」

「だろぉ？」

「おいココ、真似すんな」

「まねすんなー」

ソウマの言う通り、遊びに行こうとしているのに囲まれて足止めされるのは喜ばしくない事態だった。

注目を受けるのも崇《あが》めたてられるのもココなのだ。

見知らぬ人が大勢いる場所では、怯えたココが困惑し、自己防衛のために力を使いかねない。

「そうですね。ではロワイスの森に。ご迷惑をおかけして申し訳ありません。どうぞよろしくお願いします」

シェイラは頷いて、他人に会う心配のない、アウラット所有の森へ連れて行ってもらうことにした。

ココを宙に持ち上げてひっくり返して遊んでいたソウマは、歯を見せてにっと笑う。

「おう。……あ、でも今からだと到着する頃には日が沈んでいるな」

ロワイスの森は王城から東へ、馬車で三時間ほど行ったところにある。

城下とは少し離れていた。

往復の移動時間を考え、尚且《なおか》つ幼い子に負担のないようにと、話し合った結果一泊することになった。

「森の近くの町に泊まるのですか？」

「いや。森を巡回する奴らが使う小屋があるんだよ。簡素な建物だけど一泊くらいなら問題ないだろう」

ココは今すぐ行きたいと駄々をこねていた。

けれど流石《さすが》に泊まりとなると着替えなどの準備が必要だ。

出発は翌日の朝早くに決まった。

❖ ❖ ❖ ❖

そこは一般人の立ち入りが禁止されている、ロワイスの森と呼ばれる王族の私有地。

樹齢数百年はたっているだろう大きな木が生《お》い茂り、岩の隙間から湧き出た清らかな水が幾つもの小川を形作っている。

王都の近くにありながら、人の手の入らない自然のままの姿を保った場所だ。

――ひときわ高い木の先端近い枝に腰を下ろし、幹《みき》にもたれかかるような姿勢で眠る男が居た。

頭部の高い位置で結った髪は深い藍色《あいいろ》。

髪を束ねる結い紐《ひも》の位置に付けられた赤い羽飾りが、風を受けて時折揺れていた。

どこからともなく降り立った小鳥三羽が、肩に止まり。

――幹を伝ってやってきた栗鼠《りす》が靴《ブーツ》の先にすり寄った。

自身に戯《たわむ》れる小動物に気づかないのか。または興味がないのか。

寄ってくる小動物にかまうこともなく、落ちればひとたまりもないだろう高さの枝の上で彼は心地よく睡眠を続けている。

人間の近寄らないロワイスの森は、この男にとって心地の良い場所だった。

(――馬の嘶《いなな》きが聞こえるな)

ガタガタと騒がしい車輪の走る音と、馬の蹄《ひづめ》の音が徐々に近づいて来たかと思えば、ちょうど男の眠る木の直ぐ下で止まった。

肩に乗っていた小鳥たちが鳴き声を上げながら空に飛び立つ。

栗鼠も驚いたように小さな体を跳ねあげて、素早い動作で逃げていった。

「……なに」

うっすらと目を開けると、木々の隙間から指し入る日の光が眩しく感じた。

見上げた太陽の位置から、どうやら日が昇ってそれなりの時間がたっているようだ。

それでもまだ寝足りない男は睡眠を妨害されたことに眉を寄せてあからさまに苛立《いらだ》った。

小さく舌打ちをしてから、気持ちの良い時間を邪魔した奴を一目確認しようと、遠い地上を見下ろそうと身を乗り出す。

身軽な動きでくるりと身体を返し、膝を枝に引っ掛けコウモリのように逆さにぶら下がった。

「うん?　火竜が二匹か」

竜の気配があることに気づいて、男は僅かに目を見張る。

「んーと。ソウマと……あと、誰？　やけに小さいんだけど」

彼のように一匹で気ままに広い世界を渡り旅する竜にとっては、知っている竜と偶然に再会出来るのは珍しいことだった。

だからソウマの連れにも興味がわいた。

男は自分の気配を風で余所《よそ》へ逃がし気付かれない様に細工を施すと、枝に逆さ宙吊りになった姿勢のまま、なんとなく彼らを観察することにした。


「わぁーい！」

ロワイスの森に入って数十分進んだ場所にある広い野原の端に、馬車は横づけされた。

その馬車の扉をひらくなり、ココは翼を広げて飛び上がる。

もう許可のある人間以外は入れない区画だから、人に見られて注目を浴びる可能性もない。

のびのびと、文字通り飛び回って良いのだ。

「ココっ！　見えないところに行っては駄目よ⁉」

シェイラは口元に手を添えて、普段は上げることのない大きな声を響かせる。

そうでもしないとココの耳に入らない。

響いた声は遠くにのぞむ山に反射し、やまびこになって返ってきた。

「はーい」

「…日に日にやんちゃになっていく……」

高い木の幹に掴まっているココを見守りながら、何処か遠い目でシェイラはため息を吐いた。

「手に負えなくなるのもあっという間のような気がするわ」

城にいる老年の侍女いわく、男の子というのはこんなもの。らしい。

つまり竜独自の奔放《ほんぽう》さなのではなく、世の男児の母親は大抵こんな風に振り回されているのだろう。

「シェイラ」

御者台から降りてきたソウマが、大喜びなココの様子に笑いながら手を差し出す。

シェイラはお礼を言ってからその手に自分の手を重ねて、馬車から地上へと気をつけて降りた。

シェイラが馬車から降りたことを確認したソウマは、すぐ脇にある小屋を指差す。

「これが今日一晩泊まることになる場所だ。大丈夫か？」

「何がでしょうか」

「世話を焼いてくれる侍女も居ない。満足な設備も無ければ部屋もいくつもない。虫だって出るだろうし、夜は月明かり以外の灯りは手もとのランプくらい。年頃の貴族の娘なら嫌がるのが普通だろう」

「あぁ」

ソウマの疑問に納得して、シェイラは一瞬頷きかけた。

しかしすぐに首をかしげてしまう。

確かに高い身分では無いけれど貴族の令嬢として育ったのだから、こんな質素な小屋でたった一晩とは言え過ごすのは初めてのことだ。でも。

「……私、おかしいのでしょうか。凄く楽しみなのですが」

事実、手を当ててみた胸は早鐘《はやがね》を打っていた。

素直に期待に満ちた表情を覗かせるシェイラを見たソウマは、ふっと柔らかく笑いをこぼす。

「それは何より」

そう言うとソウマは何故か嬉しそうにシェイラの髪を大きな手で撫でてきた。

この間、クリスティーネと居る時もこうだったけれど、ソウマはどうしてかよく頭を撫でてくる。

ココの頭も同じようによく撫でているから、面倒見の良い性質をしている彼のくせなのかもしれない。

「あの。すみません。これ……」

「ん？」

「………………」

どうやら無意識にしていたらしいソウマに、シェイラは頭を撫でるその手を視線で差す。

そこでソウマは「あぁ」と呟いて、やっと気が付いたらしく手を離した。

「気が付いたら触ってしまっているな……。悪い、気を付ける」

「いえ……」

曖昧に返事をするシェイラは、触られないのは触られないで、それは少し寂しいと思ってしまう自分がいることに気が付いた。

大きな手のひらで撫でられるのは、兄や父によくされていたこと。

でも最近は成長したからか、その頻度もなんとなく減っていた。

久々の感覚は何だかくすぐったくて、そして少し嬉しかった。

「…………」

「どうかしたか？」

「いえ……、何も」

寂しい、なんて。そう言ってしまうことは子供の甘えのようで恥ずかしい。

（絶対に笑われる！）

だから口には出さないで、呑み込んでしまうことにする。

「俺は荷物もって小屋に行っているから。ついでに空気の入れ替えと掃除もやっとくわ」

「私も行きます。ソウマ様だけにお任せするなんてできません」

「いいって。シェイラはココの方見てて」

見てて、と言われてシェイラは困った風な表情になる。

「それがいつも以上に高いところに行ってしまっていて、私では手が届きません。出来ればソウマ様が付いていてあげてくださると嬉しいのですが」

シェイラに言われて気付いたのか、ソウマも空を仰ぐ。

ココは余程広い空が嬉しいのか、もはや空に浮かぶ影を目で追えるかどうかといった高さまで行ってしまっている。

人間のシェイラではどうやったって目が届かない。

「王城では城壁以上の高さには行かないようにきつく言い聞かせているのですけど、ここは目印になる壁も無いですし」

「分かった。じゃあ交代な。俺があっち見てるから、掃除とか頼む。あぁ、荷物だけ運んでおこうか」

「はい、お食事の用意もしておきますね。……一応三人分の食料を持って来ていますが、召し上がられますか？」

竜にとって人間の食物は嗜好品でしかない。

だからと食事の有無を聞いたシェイラに、ソウマは馬車から荷物を降ろしながら頷く。

「そうだな。シェイラの料理食べてみたいし」

「普通の家庭料理ですから。王城の料理人と比べないでくださいね？」

「はは！」

シェイラも自分で持てそうな衣服などの入った軽めの荷を降ろし、ソウマの後に続いた。

荷を全て小屋へと移し終わると、ソウマは人型のまま、背中から翼だけを生やす。

鱗に覆われた赤く艶光りする翼が一度、風を仰ぐように揺れると、ふわりとソウマの身体が浮き上がる。

人にしては大柄な体が、簡単に浮いてしまう姿を、シェイラは目を輝かせて見つめている。

竜が傍にいる環境に慣れてきたとはいえ、やはりこういう場面になるとときめいてしまう。

ココに対してはすでに憧れより親としての情の方が強くなってしまっているので、飛ぶ姿を見るときのドキドキの種類はまったく違うのだ。むしろハラハラの方が大きいかもしれない。

美しく雄大な力強い生き物が、空高く飛び上がろうとしている瞬間。

憧れと羨望にシェイラの胸が高鳴った。

「じゃあ、あと頼むな」

「はい。ココのこと、どうぞよろしくお願いします」

「ん」

にっと歯を見せて笑ったソウマが、シェイラが瞬きをする間にはもう空の上を飛んでいた。

「わぁ……！」

翼に扇《あお》がれて大きな風が巻き起こる。

ドレスの裾が舞い上がらないように押さえつつ、ココとソウマの影を目で追うシェイラの視線の中に、赤いなにかが映った。

ひらひら、ひらひら、揺れながら、ゆっくりとそれは落ちてくる。

「……羽？」

手で受け止めてみると、大きく鮮やかな赤い色をした鳥の羽だった。

シェイラは首を傾げた。

竜の翼に羽毛はついていない。固い鱗で覆われた、蝙蝠の羽のような形の翼だ。

今シェイラの手の中に降って来た鳥の羽は、どう考えてもソウマの翼から落ちたものではない。

（すごく大きな鳥でないと、この大きさの羽は取れないわよね）

薄く繊細な造りの赤い羽を太陽に透かして見てみる。

これだけ大型の鳥ならば、目立つからすぐにわかるはずだ。

でも羽から少し視線をずらして木々の上をぐるりと見渡しても、鮮やかな赤い色をもつ鳥は見当たらない。

シェイラはますます大きく首をかしげる。

羽を手にもって空に翳《かざ》しながら、一体どこからこの羽は落ちてきたのだろうと考える。

けれどそんなの分かるはずもなく、シェイラはすぐに考えることをあきらめて息を吐いた。

「……まぁ、どうでもいいわね」

とても綺麗な羽だから、どんな鳥かを見てみたかったけれど。

そんなことより、掃除と食事のしたくの方が重要だろう。


「やっばい、落とした……」

木の枝に膝を引っ掛けてさかさまになったままの男が、難しい表情でうなっている。

藍色の髪を結ぶ結い紐に飾っていた赤い羽飾り。

火竜が飛び上がったときにあがった風に煽《あお》られて、飛んで行ってしまった。

昼寝している間に、固定していた根元が浮いていたのかもしれない。

逆さまになっているから落ちていく羽を上手く掴むこともできず、振り回す手をすり抜けてあっと言う間に落ちていった。

慌てている間に、それはソウマと一緒にやって来た人間の少女の手の中に。

しかも彼女はそれを持ったまま、小屋の中へと入ってしまった。

「取り返さないと」

そのためにまず木を降りようと、逆さになっていた体勢をもとに戻そうと身体を捻《ひね》った時。

「馬鹿、ココ！　止まれ！」

木々の間から飛び出た小さな赤い竜が、顔面に直撃した。

「っ……‼」

「きゅう！」

男の身体がぐらりとゆれる。

高い木の上から、身体が軽々と投げ出された。

顔面に衝突してきた、赤い小さな竜と一緒に。

「っ……！　なんだよ一体！」

男は宙を落下しながらも怒鳴り声をあげ、顔に張り付いた赤い竜のしっぽを荒々しく掴む。

掴んだ火竜は、西瓜《すいか》くらいの大きさの全身が鱗に覆われた竜そのままの姿をしていた。

おそらくぶつかった衝撃で変化の術が解けてしまったのだろう。

男の背中から藍色で艶を放つ翼が生えた。

地上に叩きつけられそうなほど勢いよく落ちていっていた身が、ふわりと浮きあがる。

火竜の子供のしっぽを持ちながら、慌てた様子で自分たちを追いかけてきた成竜の顔を見た。

ソウマは目を丸くし、口をあんぐりと開けて呆けたようにこちらを指差す。

よほど自分がこの場にいるのが意外だったのだろう。

「カザト？」

「久しぶりだね。ソウマ。ところでどうしてこんなちっこい竜が里の外にいるわけ？　んで、どうして僕の顔面に体当たりしてくるわけ？」

しっぽを掴んだ手を前に翳すと、火竜の子供がぶらぶらと振り子のように揺れた。

「あ、あぁ。ちょっと事情があって里の出の竜じゃないんだ。あとさっきのは鬼ごっこをしていて勢いが付きすぎた。……っておい！」

男――カザトはソウマの話が終わるのも待たず、おもむろに掴んでいる赤いしっぽを後ろへと大きく振りかぶった。

そして勢いよく前へと放り投げる。

放り出されて綺麗に弧を描きながら飛ばされた小さな竜は、みごとにソウマの腕の中へ飛び込んだ。

「きゅう！」

竜の姿のまま身体を丸め、ソウマの腕の中に納まりながらも小さな竜はこちらを見上げてくる。

その赤い瞳は怒りに燃えていた。

カザトはふんと鼻を鳴らして顔をそむけた。

「何で怒ってるんだよ。ぶつかってきたのはそっちだろう。僕は被害者だよ。謝るのが道理じゃないの？」

「乱暴に扱われたのが気に入らなかったんだろ」

「へぇ。よっぽど大事に育てられているんだ？」

カザトは、手を腰に当ててソウマの腕の中にいる赤い竜をしげしげと観察する。

(こんな人の生きる場所にいるのなら、大切に甘やかされて育てられているのだろうね)

人は竜を必要以上に崇めたてるところがある。

だからきっとこの竜も真綿《まわた》でくるむかのごとく甘ったるい育てかたをされているのだろう。

呑気で無邪気なことが、なんとなく気に障《さわ》った。

気分屋な性格のカザトがまるで手毬《てまり》で遊ぶかの如《ごと》く扱った小さな竜は、いつもと違った乱暴な扱いに当たり前のように怒っている。

きっとこんな扱いを受けたこともないのだろう。

「で、どうしてお前がここに？」

「どうしても何も、僕は気が向くままに適当に世界を飛び回っているだけだよ」

「……お前、いつも突然現れるよな」

「そっちはいつもと違う人間連れているみたいだけど、契約者《パートナー》は？　解散でもしたの？」

「するかよ。……城に居る。とりあえず地上に降りるぞ。久々なんだし、ゆっくり話そう。あとココにちゃんと謝れ」

つい勢いに任せて乱暴なことをしてしまうのは、いつものことだった。

それでも一応悪いことをしたという自覚はあるから。

「……わかったよ。悪かったたって」

「きゅー」

投げたことをカザトが謝ったあと、ソウマは今度はココにもぶつかったことをカザトへ謝ることを求めた。

（うざい……。わざわざお互いに謝らせるとか、過保護な母親かよ）

熱血漢な暑苦しい性格の火竜のこういうところが、流されるままに適当に生きている風竜のカザトにとってては面倒くさいことこのうえない。

その上、仲直りの後には一緒に遊ぶという話になっていた。意味がわからない。面倒くさい。

結局カザトは一日中、二匹の火竜に付き合わされることになるのだった。


窓から橙色《だいだいいろ》の光が差し込む夕暮れ時。

夕食の準備を終えたシェイラは窯《かま》の火を、灰をかぶせて消した。

丁度エプロンを外して置いたところで、玄関から賑やかに声がするのに気が付いた。

「帰ってきたのかしら」

シェイラ達が一晩泊まることになった小屋は、小さな町屋程度のものだった。

部屋数もキッチンと居間の他は寝室が二室だけ。

おそらく見回りの衛兵などが使うのだろうこの質素な建物は、貴族の家で生まれ育ったシェイラにとっては珍しいものだった。

シェイラはココとソウマを出迎えるため、出入り口と直結した居間へと向かう。

「おかえりなさい。たくさん遊んでいただいたのかしら」

「あぁ、ただいま」

「きゅ！」

人型のソウマと、何故か竜の姿に戻っているココがシェイラの方を振り返る。

「……そちらは？」

彼らの隣に見知らぬ人がいたことに驚いてシェイラは目を見開いた。

後ろの高い位置で藍色の髪をひとくくりにした細身の男だった。

十五のシェイラと同じか、少し上くらいの年齢に見えた。

彼は何処か不機嫌そうに鼻をならし、目を細めてシェイラをうかがってくる。

シェイラが尋ねても、顔をそむけて何も言わない。

とまどうばかりのシェイラだったが、ソウマが男の肩を軽く叩いて紹介してくれた。

「こいつはカザト。風竜で、たまたまこの辺りをふらついていたらしい」

「風竜なのですか⁉」

シェイラの薄青の目がとたんに輝きだす。

「……あ、でもこの辺りは立ち入り禁止なのでは？」

「人間は、な。動植物に禁止なんて言えないし、竜に関してはアウラットはもっと何も言わない」

「なるほど。……カザト様。シェイラ・ストヴェールと申します。どうぞお見知りおきを」

相手はあまり友好的な雰囲気ではない。

けれど何よりも彼は竜だ。

（人間的な礼儀を要求する方が失礼なのかも）

そしてシェイラは自分は人だからと、スカートを指先で摘まんで僅かに腰を落とす丁寧な挨拶をした。

カザトは思った通り、そんなことには興味も示さない。

ただ苛立たしげに舌打ちをし、一歩シェイラへと近づいてきた。

「……返してよ」

そう言って、彼は手のひらを上にしてシェイラの前に突き出す。

「え？」

突然の意味の分からない要求に、シェイラは口を僅かに開けたまま呆けてしまった。

そんな鈍い反応が苛立たしいのか、カザトは小さく舌打ちをしてから、口調を強めて更に手のひらをシェイラに突き出す。

「羽飾り！　赤いの！　あんたが拾ったやつ！　あれ、僕のなんだけど！」

「羽飾り……あ！」

「何？　何の話？」

「ソウマは黙ってて。ねぇ、分かった？　さっさとしてくんない」

「はい。少々お待ちくださいね」

カザトの要求の意味を理解したシェイラは、慌ててキッチンに走っていき、置いてあったエプロンのポケットに入れていた羽を取り出す。

鮮やかな赤い羽を手に居間にとって返し、カザトの手の上へと差し出した。

「これですよね。どうぞ」

「…………」

カザトは無言のままに羽を受け取る。

（あ……）

それまで苛立たしそうに吊り上がっていたカザトの目元が、とたんにやさしく下がったのに気づいてしまった。

カザトは髪を結っている結い紐の部分に羽を差し戻す。

今度は抜け落ちないように、しっかりと。

きちんと髪に差しこまれたのを、手探りで確認したあと、また彼はシェイラに視線を戻した。

僅かに頬を染めて、恥ずかしそうに小さな声でつぶやく。

「ありがとう。ちょっときつく言い過ぎた、かも」

「っ……いいえ！」

カザトにとって羽はとても大切なもので、無くしたことで平常で居られない状態だったのだと、彼の反応を見てしまえば簡単に推測できた。

シェイラはにっこりと笑って首を横へ振る。

「よろしければカザト様も、ご一緒に夕食はいかがですか？　たくさん作ったので一人くらい増えても問題ありませんし」

「食事？」

カザトが居間のテーブルに並んだ料理とシェイラを見比べる。

「ふーん……。人間の食事なんて久しぶりだな。いただくよ」

「はい、ぜひ！」

シェイラとカザトのやり取りを見守っていたソウマが、苦笑する。

「んじゃ、食事にするか。一日中ココを追いかけていたから腹減ったし」

「ココもー！」

見るといつのまにかココが人型に翼と角が生えた、いつもの姿に戻っていた。

「食事を本来必要としない竜でも、空腹を感じるのですか？」

「気分だ気分。たくさん運動した後に旨《うま》そうな匂いかがされたら、なんとなくそんな気分になるだろう」

「なるなるー」

「そんなものなのですね」

「……普通はならないと思うんだけど。僕は空腹なんて感じたことないよ」

呆れたようにため息を吐くカザトと共に、ココとソウマ、そしてシェイラはそろってテーブル横の椅子に腰かける。

並ぶ料理は野菜と豆を煮込んだスープ。オーブンで焼いた豚肉と色々な茸《きのこ》。トマトベースで煮込んだミートボールと、葉野菜とチーズを盛ったサラダ。

パンと、林檎のタルトは城であらかじめ焼いてきた。そしてソウマが好きらしく大きな箱ごと持参した何十本ものワインと、そのつまみにとハムやソーセージ、チーズを数種類切って盛り付けた。

「しぇーら、しぇーら！」

ココを隣の椅子に座らせようと抱き上げたとき、持っていたらしいハンカチの包みを差し出された。

「これは何？」

「とってきたの！　あけて？」

「……？」

とりあえずココをきちんと座らせてから、テーブルの上に包みをおく。

包みとココの顔を見比べると、きらきらと期待に満ちた表情でこちらを見ていた。

「……あら、野苺《のいちご》ね」

結ばれたハンカチを解くと、中からたくさんの野苺が出てきた。

赤くて艶のある瑞々《みずみず》しいそれはどれも食べごろで美味しそうだ。

シェイラは口元をほころばせて、ココの頭を撫でる。

「ありがとう、嬉しいわ」

「えへー」

嬉しくも恥ずかしそうにココの頬が緩む。

その様子に、グラスにワインを注ぎながら見ていたソウマが笑いを漏らしつつ口を開いた。

「シェイラ、ベリー系の果物好きなんだろう？　必死になって摘んでたぞ」

「なんでか僕も手伝わされたし……」

唇を突き出して不満げにするカザト。

皆で摘んできてくれたのだと知れば余計に嬉しかった。

「有り難うございます。とっても美味しそう。デザートにこれもいただきましょう」

「ん。じゃあいただきまーす」

「……戴《いただ》きます」

「いたらきまーす」

竜たちは律儀《りちぎ》にも人間のマナーをきちんと守って手を合わせてから、それぞれに食事を始めるのだった。

日は遠くに沈み、夜空に浮かぶ三日月が窓の向こうに覗いている。

気温が低くなってきたからと暖炉《だんろ》にくべた薪《まき》が、時折ぱちりと音を鳴らして火花をはじいた。

食事を終えてココとシェイラはデザートを、ソウマとカザトは軽口を叩きあいながらワインと摘まみを楽しむ。

「ココ、おねむ？　もうベッドに入りましょうか」

シェイラは、うとうととして体を揺らしているココに気が付いた。

気を抜けば椅子から落ちてしまいそうな状態に慌てて脇に手を差し込み、柔らかな子供の身体を抱き上げる。

「あー。俺が連れて行くわ。って言うか、今日はココは俺と一緒に寝る感じで」

「え？　でも……」

「いいからいいから。毎晩これと一緒だと疲れるだろ？　久しぶりに一晩くらい一人でのびのび寝てみろって」

「……本当に、よろしいのですか？」

ソウマはシェイラからココを受け取り、ひょいっとまるで荷物のように肩に担《かつ》いだ。

乱暴な扱いにも見えるけれど、ココが本格的に眠り始めたところをみると竜的に特に問題はないらしい。

「もちろん。じゃ、おやすみー」

「有り難うございます。おやすみなさい」

ココを担いだソウマが寝室の中へと消えるのを見送って、シェイラはまた席につく。

カザトはソウマが持参したワインが気に入ったらしく、まだまだ飲み続ける様子だったので付き合うことにした。

自分の杯に残されたワインを口に運びながら、なんとなく見ると、カザトの髪についている羽飾りが揺れている。

「それ、とても大切なものなのですね」

「……？」

カザトは一度首をかしげた。

しかしすぐに意味を理解したらしく「あぁ」と頷いて髪に差した羽をひと撫でした。

「大切、と言うか。捨てたら呪われそうだから持っているだけだよ」

「の、呪われそう？」

「それくらい強烈な奴だったからね。これの本当の持ち主は」

「カザト様のものではなかったのですか？」

（顔が赤い……さすがの竜もあれだけの量のアルコールを飲むと酔うのかしら）

彼の頬は少し色づいていて目元もどこか潤んでいるように見える。

よくよく見れば持ってきた何十本ものワインの瓶《びん》のほとんどが空になっていた。

たぶん酔っているから。

だから、彼の持っているシェイラという人間に対する壁が、少し崩れているように思えた。

きっと平常ならば話してくれないだろうことを、彼はぼんやりとした表情で宙を見ながら語ってくれる。

「……僕の契約者だった人間のものだよ。この羽は、彼女のお気に入りの帽子についていた飾りだったんだ」

「っ……」

「そんな変な顔するなよ。別に、寿命だったたし。死んだのも八十くらいでだから……人にしてはそれなりに生きた方だし。引きずっているわけでもないよ」

カザトはそう言いながら、そっと優しく指先で羽を撫でた。

まるで愛しい人に触れるかのような触れ方。

少し伏せた瞼からのぞく、狂おしい感情を秘めた瞳。

何よりもその寂しそうな表情が、彼にとって契約者だった人が大切な存在なのだと雄弁に物語っていた。

（カザト様にとっての大切な女性。形見をずっと大切に持っておくくらいの……）

ある可能性に気付いたシェイラは、今なら何でも話してくれそうな様子のカザトへ素直に疑問を口にした。

「……恋人だったのですか？」

「恋人？」

その単語に、カザトが鼻で軽く笑う。

「まさか。まぁ……僕は好きで、そういう関係を求めたけれど。彼女は応えてはくれなかった。それなのにずーっと独身でさ。死ぬ時も僕一人に看取《みと》らせて、期待させせんなってんだよね…」

「では片思い？」

「片思い……いや、たぶん違う。アイーシャも僕のことを好いていてくれたと思う」

「……？」

「人の寿命は短く、竜より先に死ぬから。人と竜がつがいになった場合、残された竜は何百年という時を、愛しい者の死という悲しみの中生きていかなければならない。そんな酷《こく》な思いは絶対にさせないって。同種の竜の雌と幸せになりなさいって、何度も何度も説得された。泣きながら。……泣くくらいならそんなこと言うなって思うんだけど」

シェイラは相槌《あいづち》を打つことも忘れて、呆然とカザトの話に聞き入った。

「アイーシャの言うことは間違ってなかったと思うよ。だって夫婦でも恋人でも無かったのに、彼女は僕の心を今なお占めている。これが生涯を誓い合った関係になっていたとすれば……ぞっとするね」

「…………」

カザトの契約者だったアイーシャという女性は、カザトに長い時を共に生きてくれる同種の竜のつがいを願った。

人の身ではずっとそばにいることは不可能だから、彼女はカザトの思いに応えなかったのだ。

けれどシェイラから見たカザトはもう、一生に一度の恋に落ちているように見えた。

赤い羽に触れるときの愛おしそうな表情や、彼女のことを話すときの寂しく苦しそうな表情がそれを物語っている。

契約者が願ったふうに、カザトが同種の雌を見つけるのは、本当に可能なのだろうか。

（すごく残酷……。人は竜よりも弱い生き物だもの）

竜は病気や怪我からの回復力も、人よりずっと強い。

よほど大怪我でない限りは治療の必要も無く自然に傷はふさがる。

そして人は竜とは比べ物にならないくらい弱く、たとえ健康に生きたとしたってそもそも元々の寿命の差がありすぎる。

だから人と竜が愛し合ったとき、竜は必ずと言っていいほど置いて行かれるのだ。

そしてその後、何百年という年月を竜は愛する者を想い続けながら独りで生きなければならない。

「……どうして、ですか？」

静かな室内にぽつりと、シェイラの呟きが落ちた。

「どうして人との恋は駄目なのですか？　確かに人と竜だと人が先に亡くなる可能性が高いのはわかります。でもそれは竜と竜の間柄でも同じこと。夫婦が同時に死ぬことなんて普通は出来ません。それなのにどうして、竜は人との恋愛をそんなに否定するのですか？」

「それは……」

カザトはシェイラの台詞を聞き、口をつぐむようなそぶりをする。

何度か視線を右往左往《うおうさおう》させたあと、小さくため息を吐いてグラスに残っていたワインを全てあおった。

「竜が獣だからだよ」

低くて冷静な声だった。

「……え？」

「聖獣だ、国の宝だと崇められてはいるけれど、結局のところ犬や猫なんかと変わらない、ただの獣だから。雌は力の強い雄に集まるし。雄は繁殖能力の高い雌を選ぶ。能力の高い子孫を得られる相手かどうかで僕たちはつがいを決める。……でも、人は違うだろ」

「……？」

カザトは羽飾りから手を放すと、手を丁度心臓のあたりへとんと当てた。

「人は、ここで決める。心で。だから……しんどい」

力の強さや条件の良さで決めた相手ではないから、喪失感や悲しみが比にならないほどに大きくなる。

ぐっと、カザトの眉間《みけん》にしわが寄る。

契約者だった女性を思い出しているのだろう。

何処か泣きそうな表情にも見えて、そんな顔をさせてしまう質問をしたことをシェイラは後悔した。

きっと辛いことをむし返してしまった。

「もちろん、人と恋することを決めた竜たちは、全部承知の上で選んだのだから、後悔なんてしていないのかもしれない。でもたった一匹残されて、喪失感に暮れている竜を見る側からすれば、どうして落ち込むと分かる結果になることをするのかが理解できなくて、むしろ嘲笑《ちょうしょう》されてしまう。そんな馬鹿げた感情に振り回されている姿が滑稽《こっけい》に映るみたいだよ」

「っ……」

シェイラは思わず席を立って、カザトの隣に回り込むと藍色の髪をなでた。

俯いて項垂《うなだ》れる姿はどこか幼い子供のようにも見えて、どうしようもなく甘やかしたくなってしまった。

「…………」

意外にもカザトは大人しくシェイラの手に頭をゆだねている。

何度もなでたせいで結んだ髪が少し乱れてしまったけれど、それにも何も言わない。

「――カザト様はこれからもお一人で旅を？　里に帰るつもりもないのですか？」

風竜の里なら、なによりも仲間がいるはず。

カザトが一人で世界をさすらっていることが、シェイラはとても寂しいことのように思えて、だからそう尋ねた。

カザトはふん、と軽く鼻をならして、テーブルに頬杖《ほおづえ》をつく。

置いた杯を前へ突き出されて、シェイラは慌ててワインをそこへ注ぎいれる。

そうしながら彼の視線の先を伝ってみると、窓から覗く三日月の浮かぶ夜空を眺めていた。

まるで遠い遠い場所を見ているかのような表情で。

「ありえないよ。すでに百年近くも世界中を飛び回って里の外を知ってしまった以上、また里に閉じこもる気分にはならない。風が吹くまま適当にふらふらしているのが性《しょう》に合っているんだ」

「……そう、ですか」

「シェイラは王城で竜を育てているのなら、竜たちと関わることも多いんだろう？」

「はい。ソウマ様とも、水竜のクリスティーネ様とも仲良くさせて頂いています」

最近、クリスティーネとはジンジャーも交えて時々お茶の時間を共にする仲になっている。

水を知り尽くす彼女は、お茶の入れ方がとても上手なのだ。

入れ方を教えて欲しいと申し出てみたこともあるけれど、感覚でやっているからよく分からないと言われてしまった。

そんな王城での出来事をカザトに話すと、「ふーん」と相槌とも取れないような返事をしてから、彼は口を開く。

「まぁクリスティーネはともかく。これからも竜と過ごすなら、特に雄竜には絶対に心を許さないように気を引き締めるべきだね。堕《お》ちてしまったら、色々と面倒だ。幸せで平穏な人生を望むなら人の男と恋に落ちることをお勧めするよ」

「まさか。私が竜と恋をするなんて、ありえません」

シェイラは心からそう思って、当たり前のように首を振った。

竜は人にとって手の届かない憧れで、彼らと恋をするなんて恐れ多くて考えもおよばない。

カザトが言うような熱く苦しい思いを自分が竜とするときが来るなんてありえない。

「婚姻《こんいん》相手はそのうち父が見つけてくるでしょうし、政略結婚というものに特に反対するほどの理由も今のところありません。ココがもう少し大きくなるまでは城に居ることを許してくれる人で……というお願いはするつもりですけれど。私はきっと平凡に結婚をして平凡な家庭を築くのだと思います」

「……だと、良いけどね」

そう呟いたカザトがソウマとココの消えた部屋の扉をちらりと見た。

けれどシェイラはただ不思議に思って視線を追うだけで、彼のその呟きの意味には気が付かなかった。

卵の正体

「ふえぇぇぇー」

人気のない森の中。

小さな木造りの小屋の中の寝室のベッドで、赤い髪と瞳を持った子供が泣いている。

半分眠りながらも完全に眠りに落ちることも出来ず、その中途半端な気持ちの悪い感覚に小さくすすり泣く。

「やーっぱりなぁ。丁度夜泣きの時期だと思った」

ベッドの上で胡坐《あぐら》をかき、腕の中に抱き上げたココの背中をとんとん叩きながらあやし続けるソウマ。

密着した子供の肌を通して普段より高い体温が伝わってくる。

きっとココは毎晩こんな調子で夜泣きを起こし、シェイラを困らせているのだろう。

本人は何も言っていなかったけれど、シェイラは明らかに近頃疲れた様子を見せていた。

彼女の苦労を思ってソウマは眉を寄せて息を吐き、泣き止む様子のないココの背を叩き続けた。

「……暴発しそうだな」

それは竜の子の成長過程で、必ずある力の解放。

成長期に突然身体の内側から沸《わ》いた力を制御出来ず、表へと噴出させてしまうのだ。

ココが上手く眠れないのも、昼間興奮気味にはしゃいで飛び回っていたのも、力を抑えて上手く外へ出すことが出来ず、内側に溜まり続けてしまっているせいだろう。

「そぉまー」

「はいはい、良い子だから大人しくしてろ」

「んぅー。やーあー！」

ソウマは身をよじらせて逃げようとするココを逃さないように捕まえたまま、その内側の火の気を読み、小さく舌打ちする。

「今日明日に起こっても不思議じゃない状態か」

竜の力の暴発は、人の力では抑えきれない。

それどころか、火竜の場合は近くにいる人間を焼いてしまうおそれさえあった。

「うー…ぃやー」

「はいはい。ジンジャーが俺を連れて行けってシェイラに言ったのって、ここに居る間にやってお けってことだよな」

ココのやたらと落ち着きのない様子を見たジンジャーは、きっとココの暴発が近いことを悟っていたはずだ。

だから巻き込まれる人が出ないように、外へ行きたいと言うココのわがままに乗ってとそれとなく誘導した。

暴発を抑えられるソウマを、これまたそれとなく連れて行くように仕向けて。

少し針で突いて刺激を与えれば膨らんだ風船が破裂するように、ココは簡単に暴発するだろう。

それくらいギリギリの時期なのは、同じ火の気を糧とするソウマには分かった。

「明日、出発前にやっておくか。カザトもいることだし」

都合よく居合わせた風竜を使わないわけがない。

とりあえずさっさと落ち着いて眠ってくれと、ソウマは思うのだった。


ココが眠り始めたのは、それから数刻たってからのことだった。

ソウマが幼いころは太陽の影響を受けやすい火竜であることも手伝って夜には弱かったが、成竜になったいまではむしろ夜型なくらいだ。

ベッドに眠る小さな子供の赤い髪を梳きながら、まだしばらくは眠気がきそうもないなと息をつく。

(酒、余ってるかなぁ)

少し飲み足りない気分で、残っているようなら取ってくるかと腰を浮かしかけた時。

控えめに部屋の戸がノックされた。

「……カザト?」

この部屋に休みにくる可能性のあるものは一人しかいない。

だからソウマはカザトの名をつぶやいた。

しかしそうっと、音をたてないように気を使っていると分かる動作であけられた戸から顔を出したのは、白銀の髪をした少女だった。

「シェイラか、どうした?」

「すみません。ソウマ様、ココのために中途半端なところで席を外させてしまったかなと思って」

そう小声で差しだされたそれは、盆に載ったワインの瓶とグラス、そして新しく切り分けたのだろうチーズとハム。

丁度欲しいと思った頃合いに出てきたそれに、ソウマは何度か目を瞬かせた。

その後、喉の奥でくっと笑う。

「ありがと。いいタイミング」

「いいえ。ココは……よく眠っていますね。良かった……」

ほっとした様子のシェイラの表情から、おそらくソウマへの差し入れだけでなく、ココの様子を見ることも目的だったのだろう。

盆をシェイラの手から受け取りながら、ソウマは尋ねる。

「カザトはどうした？」

「それが、酔ってしまったみたいでテーブルに突っ伏して眠ってしまって」

「あぁ……。まぁ放っといて良いだろう」

「え、良いのですか？　しばらくしたら起こしてベッドまで、と思っていたのですが」

「いい。いい。風邪ひくような柔《やわ》な体はしていないだろう」

「そう……ですか。後で毛布だけでもかけておきますね」

「それもいらないんじゃ」

「いけません」

少し口を尖らせてソウマを叱る風にそう言いながら、シェイラは盆を渡す。

それで用を終えて立ち去るかと思ったが、しかし口を開いては閉じ、開いては閉じし、何か言いたくても言えずに戸惑っているような様子を彼女は見せていた。

ベッドのシーツの上に置いた盆の上からチーズを摘まみ、口に入れながらソウマは首を傾げる。

「ん？　どうかしたのか？」

「あ。いえ……その、あの、カザト様に……」

「何かあったか？　あいつ口悪いからなぁ、叱っとかないと」

シェイラは慌てた様子で首を振った。

「ち、違います！　何も言われていませんからっ。……あの、ソウマ様はアイーシャ様って、ご存じですか？」

「アイーシャ？　あぁ、話したのか」

「はい……」

「ふーん」

ソウマは落ち込んだ様子のシェイラにうなずきながら、口元に手をあてて考える。

（結構飲んでいたとは言え、そんなにあっさりと、一番深いところさらすなんてなぁ）

どうしてかシェイラには、相手の警戒心を解いてしまう空気があった。

ふんわりとした穏《おだ》やかな性格のせいか。

久しく接していなかった、人間の少女というものに会ったせいか。

しかしそれだけでは、カザトが初対面のシェイラにそこまで話すほどの理由にはならないだろう。

何か、彼女自身に……竜を惹《ひ》きつける要因があるのだろうか。

「あ、あの、ソウマ様？」

「ん？　あぁ。カザトのことだな。あれは放っておいて大丈夫」

「放って？」

「だって今さらどうすることも出来ないし。あいつも、恋愛なんてややこしいことしなければ良かったのになぁ」

「っ……」

シェイラの眉が、ぎゅっと寄せられる。

明らかに気分を害した彼女の様子に、ソウマは苦笑をもらした。

人の少女の大部分はこういう風に、ロマン溢れる恋に憧れを抱くものである。

「だって俺は竜だから。カザトに聞いたんだろう？」

「聞き、ました」

竜は本来、恋はしない。

そんな感情、分からない。

だから励ましや慰めなんて、ソウマに出来ようはずもない。

ソウマはグラスを口元で傾けつつ、「大丈夫だ」ともう一度言った。

「まぁ、本当に放っておいて大丈夫だから。やっかいな情残すような関係じゃあ無かったし。たまにうっかり昔を思い出して感傷に浸るのも、それこそ良い思い出だったからだろ」

「あ……」

ソウマの台詞でそこに気付いたらしいシェイラが、いくらかほっとしたように息を零した。

そう。カザトとアイーシャは互いに持ちつ持たれつの良い関係だった。

ソウマには理解は出来ない恋愛感情とも、彼は上手く付き合えている。

別に亡くなったアイーシャに囚《とら》われてうじうじと傷心の旅を続けているのでなく、普段は気楽に楽しく世界を飛び回っているのがその証拠。

分かっているから、ソウマはカザトのことを心配なんてしていない。

大丈夫だと、断言出来る。

ただ今夜、めったに見せないほどに彼の心が揺れたのだとすれば。

その原因は彼女だろうと、ソウマは部屋を出て行く少女の背中を見送りつつ、密かに思うのだった。

❖　❖　❖　❖

「なーんーでっ、僕が手伝うことになっているわけ？」

朝食のときにソウマに話を聞き、既にシェイラとココ、カザトとソウマは森の中の開けた野原にいる。

カザトは良いように使われるのが気に入らないらしく、ふてくされて唇を突き出していた。

ふいっとそっぽを向くのと一緒に、頭上の赤い羽が揺れた。

「別にいいじゃん。そんな労力になることでもないだろう」

「労力がどうとかじゃなくて！　僕が顎で使われているってことが問題なのっ」

「はいはい。とりあえずカザトは周囲に熱気が広がらないように風の調整よろしく」

「やるなんて言ってない」

「あの……」

ココを腕に抱いたシェイラに、言い合っていた二匹の竜の目が向けられる。

「ココの為に申し訳ありません。でも、どうかお願い出来ないでしょうか」

「っ……」

ココを抱いたまま深く頭を下げる。

数秒間そうしてから顔を上げると、カザトに気まずそうに視線をそらされた。

ソウマが苦笑をもらし、カザトの背を肘《ひじ》で突っつく。

「カザト。お前、なんとなく気が乗らないってだけでごねてんだろう？　こんなに頭下げてるんだからいいじゃないか」

「……わかったよ。貸しだからね、貸し」

「有り難うございます」

適当で気分屋な性格の風竜は、本当にただその場の気分でしぶっていたらしい。

ふんと鼻を鳴らしながらだったけれど、とりあえず了承してもらったことにシェイラは胸をなでおろした。

「暴発とは危険なものなのでしょうか」

まだジンジャーのもとで学びだして日が浅いシェイラでも、暴発という言葉の意味はさすがにもう理解出来る。

でも実際どのくらいの規模で、どんな事象が起こるのかは、いまいち分かっていなかった。

「いやいや。まだ力のない小さい竜の暴発なんてせいぜい周囲二、三メートルに炎が飛び散るくらいだから心配ない。それでも城だと人を巻き込みかねないってことで、ここでやっとこうかと。カザトも特に必要ないんだけど、暇そうだからまぁ手伝わせとこうかと」

「……………えぇっと」

「だから嫌だって言ったんだよ」

カザトがぽつりと不満をもらす。

（特に必要ないのに、嫌がる相手を無理やり参加させるのはどうなのかしら）

カザトの不満とシェイラの困惑に気付いたソウマは、しかし何も悪びれることなくあっけらかんと笑う。

「だって一匹でやるより、二匹でやるほうがよけいに楽にできるじゃん？」

「……………」

「ふんっ」

ソウマを始めとした火竜は懐《ふところ》が深く熱血な性格をしている。

けれどこういう大雑把で適当な所は、たぶんソウマ個有のものではないだろうか。

シェイラは同意も否定もしようがなく口をつぐむことにした。

自分はただ見ていることしか出来ないから、ここで口を出すのは出しゃばり過ぎのような気がした。

ココに関することなのだから、何か少しでも手伝いたいけれど、竜の力を前にすれば人は無力で、やはり見守っているしかすることは無い。

「……っ？」

腕の中にいたココがふいに持ち上げられ、温かさが消えたことに気付いたシェイラは顔を上げる。

見るとソウマがココを担ぎ上げていた。

抱き上げるでもなく、彼はすぐにココを地面に下ろしてしまう。

「いやー、だっこー！」

両手を出して抱っこをせがむココの頭を、ソウマがぽんぽんと軽くたたく。

「後でな。今はそこに立っていろ」

「むぅ」

ココは唇を突き出して分かりやすく不満げな顔をしていた。

「シェイラは俺から離れないように。火がいかないようにするから」

「はい。宜しくお願いします」

「カザトも頼むわー」

「はいはい」

ソウマに指示されたカザトが、人型の背中に藍色の鱗に覆われた翼を出して空へと羽ばたいた。

背の高い木の上に立つと、結んだ藍色の髪と赤い羽飾りが揺れる。

風を読むかのように彼は遠くを眺めた。

ソウマに促されたシェイラは、ソウマと一緒にココの立つ場所から十メートルほど離れる。

突然独りにされたココは不安げな顔でこちらを見ていた。

「……………うぅ」

「泣きそうな顔すんなって。ほら、身体の中の火の気と話してみな。上手く仲良くなれ」

「…はぁい」

不満そうにしながらもココはソウマの言うことにしたがって、瞼を閉じる。

するとココの身体から炎が舞うようにとびだした。

「ココ⁉」

「大丈夫。これでちょっと俺が突いて力の解放を促してやれば終わりだから」

ソウマが指先を離れた場所に居るココへと向け、ちょんちょんと動かす。

シェイラには見ることも感じることも出来ない、ココを取り巻く火の気を探り、操っているらしい。

こうして刺激して暴発させれば二、三メートルの火柱が上がる。

それで終了らしく、数秒で終わるものだと。……シェイラは事前の説明でそう聞いていた。

――――なのに。

ココの周囲に舞う炎は、どんどんどんどん大きくなっている。
二、三メートルどころの騒ぎではなく、すでにシェイラ達の立つ場所より広い十数メートル四方にまで炎は広がっていた。
ソウマに守られたシェイラに火は近寄らなかったけれど、それでも肌を焼かれるほどの焦げ付くような熱さに煽られた。

息をすると喉がやけどしそうで、出来るだけ呼吸を浅くするよう意識した。

暴発というものをよく分かっていなかったシェイラも、流石におかしいのではないかと不安になった時。

突然、大きな風が吹き、ココの身体を中心として炎をまとった火柱が高く舞い上がる。

それはそびえたつ森の木々よりも高く高く上がってしまった。

思わず見上げた先では、カザトが木の幹から飛び上がるところだった。

これ以上炎が広い範囲に行かないように、風で火の力を上へと上げてくれているらしい。

「……あの、ソウマ様」

「あぁー……うん…。これでも必死に抑えてんだけどなぁ…」

傍らのソウマを振り仰ぐと、彼の額から一筋の汗が流れていた。

眉間に刻まれた皺と、厳しいソウマの表情。

ココの姿は、炎が強すぎて影さえも見えない。

「ココ‼」

(普通ではないわ……！)

あきらかに何か予想外のことが起こっていると、理解したシェイラは、慌ててココに駆け寄ろうとした。

しかしシェイラの手首を、ソウマが掴んで止める。

「っ……どうして行かせてくれないのですかっ！」

「駄目だ。これ以上近づいても守りきれない。…っつ……こんな強力な暴発は見たことも……何が起こっている…？」

ゴオォォォォォォォ‼

耳を塞《ふさ》いでも無駄なほどの音が鳴り響く。

続いて焼けてしまいそうな熱風が、嵐のように吹き荒れる。

大きすぎる力の流れ。

木々が根から浮き上がり、草花が土ごと剥《は》がされて捲《めく》れあがる。

その場に存在するすべてのものが、炎の渦に巻き上がった。

「っ……！」

余りに強力な力の流れに、シェイラの足が地から離れそうになる。

このままでは宙に放り出されてしまうと、ぞっとした瞬間、腕を強い力で掴まれて身体を引っ張られた。

「っ……⁉　ソウマ様？」

「じっとしていろ」

耳をつんざく轟音《ごうおん》の中では、かすかにしか聞こえなかったけれど、確かにソウマはそう言った。

気づくとソウマの胸の中にシェイラの身体は完全に収まっていた。

炎をまとった嵐の中で枝や砂、果ては小動物が飛んでくるのが見えた。

そんなものから守るかのように、ソウマはぎゅうと力を込めてシェイラを腕の中に閉じ込める。

吹きすさぶ風と炎の中。目を眇めてココをどうにか見つけようと凝視《ぎょうし》すると、ココを囲む呪文のような陣と文字が浮いているのが見えた。

（………？）

「ソウマ様、あの文字は？」

不可思議な陣と文字に、ソウマはシェイラが指さしたことで初めて気が付いたらしい。

炎の向こう側を難しい顔で見つめてから、僅かに瞼を伏せて首を横へふる。

「……わからん」

「………」

「何よりもこれは暴発じゃない。こんなのココみたいな小さな竜が扱える竜術の規模でもないはずだ……」

「だったらどうして……！」

「わからん！　とにかく今は身を護れっ！」

大風の音に負けないほどに、大きな声でソウマが叫んだ。

シェイラは飛ばされないように、ソウマの腕にしがみつく。

恥ずかしがる余裕なんてなかった。

そうしないとこの炎の大嵐に巻き込まれて死にそうで、ただただ必死に傍にいる男にしがみついた。

――体感では数十秒のような、数分のような、ほんの短い間だったような気もする。

しかしその短い時間で、周囲の景色は変わりきっていた。

炎を巻き込んだ豪風が地を叩きつける音がやみ、辺りが静かになってから、シェイラはやっとソウマの腕から解放された。

少しふらつく足元を、ソウマの背中に回った手に支えてもらいながら周囲を見回す。

「っ……なに、これ…」

声が、震えた。

さっきまで目にしていた緑豊かな美しい森は失われていた。

焦げた根からなぎ倒された大木が幾つか横たわっている以外、周囲数十メートルのもの全てが焼きつくされ、黒く焼けて燻《くすぶ》る砂と灰に帰っていたのだ。

遠くに望む山々は相変わらずの緑だから、砂に帰り雑草さえ生えていないこの周辺が余計に異様な場所に映る。

燻る煙と、鼻につく焦げ臭さ、黒く変色した大地に、シェイラはただ声も無く呆然としていた。

「………シェイラ、あれ」

「っ！　ココ！」

ソウマが指したところにはココが居た。

シェイラが両腕で抱えられるほどの赤く丸い姿――いつの間にか竜の姿に戻っていたらしい。

ココの身体を囲んでいた陣と文字ももうすでになくなっている。

「ココ、あなた…何をしたの……？」

呟いた声が、震える。ごくりとつばを飲み込んだ喉の音がやけに大きく鳴った気がした。

この地を枯草一本生えていない黒い世界へと変えたのは、間違いなくココなのだ。

❖　❖　❖　❖

「王族所有の土地で、そのうえ貸し切りにしておいて助かったな。もし誰でも入れる場だったならば、どれほどの死人が出ていたかと、想像するだけでぞっとする」

アウラットの台詞に、居合わせた面々は同意して頷く。

あれから事態の収束の為に慌てて城へ帰って報告をした。

知らせを受けたアウラットは兵を調査へ向かわせ、竜に詳しいジンジャーを呼び寄せたのだ。

おそらく会議にでも使っているのだろう大きなテーブルの上に、ジンジャーが持って来たいくつもの資料や本が散らばっていて、集まった面々はそれを捲りながら膝を突き合わせている。

藍色の髪に差した赤い羽を揺らし、興味なさげにその分厚い書物をぱらぱらと捲るカザトは、子供のように唇を突き出した。

「……んで、どうして僕まで連れて来られているわけ。城に来る気なんてなかったんだけど」

「実際に見た者の意見が必要だからですよ、カザト殿」

「めんどくさー」

やる気のなさそうな顔をして本を閉じるカザトは、息を吐いて頬づえをついた。

「僕が見たことはもう言ったよ。ココがあり得ない規模の炎を起こして周囲一帯を炭に変えちゃいましたって。それ以上のことは分かんない。こんな子供で、しかも人型で、あんなに大規模な炎を起こしたなんて見たことも聞いたこともないし」

「だよな。俺も、近くで見てたけど原因とか言われてもさっぱりだ」

「ふむふむ。確かに暴発の規模としては有り得ないものですな」

「私たちの数倍は生きている竜たちが見たこともない大きさの暴発だったってことか？」

「んーん。違うよ。あれは暴発じゃない。なんかよく分かんないけど、種類が違う感じ。暴発みたいに弾けるんじゃなくてこう……もわっと……」

「もわっと……？」

カザトのあいまい過ぎる表現に、みんなが揃って首をかしげた。

「………」

そうやって目の前で皆が難しい顔で話し合うのを、シェイラは無言のままで聞いている。

見たものはソウマやカザトと同じだし、意見を言うほどの知識もまだない。

窓辺をちらりと振り向くと、備え付けられていたソファで竜の姿をしたココが身を丸めて眠っている。

（もう半日以上も経っているのに、あのあとからずっと眠りっぱなし）

相当異常な出来事だったのだと、もちろん理解はしている。

けれど起こった物事の大きさより、目を覚まさないココへの心配の方がよっぽど今のシェイラの心を占めていた。

だからどうしても彼らの話し合いの台詞が耳を通り抜けてしまって、余計に会話に入ることができない。

「………」

一度ぐるりと周囲の人たちの顔を見渡してから、なんの意見も求められそうにない状況であることを確認し、シェイラは席を立ってココの元に行った。

ソファに座って赤い竜を膝の上へと抱き寄せる。

（見た感じは普通に眠っているだけだし、ジンジャー様も力を使いすぎたせいだから回復次第起きるだろうってことだけど）

竜の専門家であるジンジャーにそう言われても、やはり心配は心配で。

シェイラは赤い鱗を優しく撫でる。

そっと胸元に手を押し当てると、どくどくという鼓動が聞こえた。

呼吸に合わせて上下する身体を確認して安堵の息を吐いたところで、ジンジャーの言葉が耳に飛び込んできた。

「陣と文字があらわれたということですし……話を聞く限り、これは始祖竜《しそりゅう》の力と酷似《こくじ》するようですな」

ひとつの古い本の開いたページを差して告げられたジンジャーの言葉に、シェイラ以外の者がはっと顔を上げる。

とたんに緊迫感の増した周囲の様子に、シェイラはとまどいつつ首をかしげた。

「……っ！　まさか、世界が産み落とした竜か！」

ソウマの声が部屋に響く。

思わずといった具合に、テーブルに両手をついて身を乗り出している。

「世界が産み落とした……？」

まったく理解できない単語に、シェイラから疑問形の言葉が漏れてしまった。

同時に全員がこちらを振り返ったことに、会議の邪魔をしてしまったかと思って思わず口元を手で隠した。

でも実際にはそんなこと誰も気にしていないらしく、ソウマが椅子に座りなおして説明をしてくれる。

挿絵の描かれた古びた本のページをシェイラの方に見せてくれながら。

掲げられた本に細かな文字と一緒に描かれているのは、一匹の竜の絵だ。

竜を取り囲むように描かれているのは文字と円を幾重《いくえ》にも組み合わせた陣のようなもの。

ココが力を暴走させた時に浮かんでいたものと、よく似ている気がした。

「竜というのは、目に見えない自然の大気から生まれた存在だってのは知っているか？」

「えぇっと……確か水竜は清らかな水の流れから。木竜は大地の蓄《たくわ》えから。風竜は空をかける風の息吹から。そして火竜は太陽の熱の力から。……で合っていますか？」

世界に蔓延《まんえん》する自然の力を凝縮して生まれたものが、竜の始まり。

始祖竜と呼ばれる存在だ。

しかしそういう生まれ方をしたのは本当に最初の始祖竜たちに限ったこと。

彼ら以降の竜たちは、人や動物たちと同じように普通に父と母の交わりから生まれる。

目に見えない力が凝縮して、何もない空間から誕生した生き物がいた時代なんて、本当に途方もない昔の話だ。

ネイファでは誰もが一度は聞いたことがあることだけれど、でもその突拍子のなさからただの夢物語だと思う者も多い。

「でもそんな突拍子もない話、本当なのでしょうか」

シェイラは完全に嘘だとも思っていなかったけれど、だからと言って信じることも、内容が内容であるだけになかなか難しい。

しかしソウマは頷いて肯定した。

「あぁ。大気の力が凝縮して目に見える形をつくり生まれた竜が始祖竜。その始祖竜を初代として、今の竜たちは何代にもわたり血を受け継いで永《なが》らえてきた種だ」

「本当だったのですね……」

竜自身から始祖竜の話が真実だと聞かされて、シェイラは驚きに薄青色の目を瞬かせた。

「おそらく……ジンジャーの考察からするとココは俺たち普通の竜みたいに、竜の両親から生まれてきたんじゃない」

「太陽の力の凝縮から出来あがったってことですか？」

それは始祖と同じ生まれ方。

親がみつからないのも。

なぜ竜の卵が人里にあったのかも。

雄と雌の交わりから作られた卵では無かったから。

これで竜になんの縁もない場所に、卵が突然現れた説明がついてしまう。

「そう言えば、ココの卵が現れた日はすごく天気のよい朝でした」

澄み渡った雲一つない朝焼けの陽の光が優しかった。

思わず立ち止まり、深呼吸したのを覚えている。

いつもより清々しく感じた静かな空気も、穏やかな風も、しばらくその場に佇んでしまったくらいに心地が良かった。

太陽の光を元にして、空気や、風も加わって、他にも世界を取り巻く自然の気の全てが寄り集まり、小さな竜の卵を形作った。

「今の状況からするに一番可能性としては高いのではないでしょうか」

ジンジャーの推察にアウラットが指を顎に添えて思案するような表情を作る。

「……もし始祖と同等の竜だとしたら、今回の騒ぎなんて数にも入らない相当な力を秘めていることになるな」

「おそらく成竜になるころには、現存する竜たちの中で一番世界の力を得るだろうね」

カザトもため息を吐いて、ちらりとココを見た。

シェイラもカザトにつられて、膝の上に乗せているココを見下ろした。

「それって、凄いことなのですよね？」

「めっちゃくちゃすげえ。とりあえず今知られている竜の中では、ココくらいしか居ないはずだ」

「………………」

すやすやと眠るココは、あどけなくて可愛らしい。

竜を今胸に抱いているというだけでも、一般人のシェイラにとっては凄いことだ。

「私はどうすれば良いのでしょう」

竜の育て親というだけでも恐れ多い立場なのに、その上あり得ないほどの力を秘めた竜だなんて。

「……正直、ココは俺たち火竜の長《おさ》に立つことになると思う。竜は力が全てだから、一番力を持ったやつが長になるのは必然なんだ」

「でもそうすると、四竜《しりゅう》のバランスが崩れるな」

ソウマの台詞に、アウラットが眉間にしわを寄せた。

「バランスですか？」

火・水・木・風の四竜のバランスが崩れるとは一体どういうことなのか。

意味が理解できないシェイラに、カザトが面倒くさそうに説明を添えてくれる。

「火竜が一番強い力を得ることになれば、今上手くいっているそれぞれの竜の均衡《きんこう》が崩れるかもしれないってこと」

「っ……古《いにしえ》の時代に、竜同士の戦が起こりそうになったことが有ったと聞いたことがあります」

まだ世界を竜が支配していた時代。

違う種の竜同士で領地を争い、力の大きさを比べあうことが有ったと聞く。

全種の竜をまとめる役をになう白竜がどこからか現れてそれを収めたという話は、誰でも知っている物語だ。

「でも今は白竜はすでに絶滅している。何百年も前から目撃情報は一切出ていないようだから間違いないだろう。……抑えられる白竜が居ない今の状態で四種の竜が力の均衡を失えば、手がつけられない事態になるぞ」

アウラットのその意見に、やる気のなさそうだったカザトまでもが難しい顔で呟く。

「竜同士が戦なんて起こすような事態になったら、世界を巻き込んだ大災害になるよ」

「っ……」

シェイラは膝の上に抱いたココを思わずきゅっと抱きしめる。

背筋に冷たい汗が流れて、ぞくりとした感触が襲ってきた。

（他国のように争いの心配なく生活できるのは竜の守りのおかげ。なのにココが、全てを壊すきっかけになるかもしれない――）

ネイファと呼ばれるこの国は、竜との盟約により守られた国だ。

他国では彼らは、ただの珍しいだけの獣になってしまう。

猪《いのしし》や鷹《たか》などと相違なく、狩りをして肉や皮を得て金貨や道具へ換えるための獣であり、狩ろうが捕らえようが罪にはならないのだ。

聖獣や、伝説の生き物として語られて大切にしている地域ももちろんあるし、外の国にも竜とともに生きている人々は確かに居る。

けれど、きちんとした法のもとに竜に危害を加えることを禁じている国は、ネイファの他にはないらしい。

竜が安心して暮らせる場所を国の土地の中に提供する対価として、他国からの侵略などの有事の際には、竜たちは彼らが持つ強大な力でそれらを退ける。

そういう盟約を、はるか昔にネイファの王と竜の長たちが交わしたと聞く。

強大な力を持つ竜がいるからこそ、他国からの攻撃を受ける心配なく長い間の平和を実現出来ている。

だから国の人々は平和をもたらしてくれる竜に感謝し、次第に崇め祀《まつ》るようになっていった。

ずっと平和だったネイファでは、少なくとも百数十年は戦は起きていない。

この国に生まれた者で戦争を知る民なんて存在しないのだ。

それほどに長い長い時を竜のおかげで平穏に保ってきた。

その平和を、ココが壊すかもしれない。

「荷が、重すぎますかな？」

しわがれたジンジャーの声に、シェイラは顔を上げる。

ジンジャーは深いしわの刻まれた目元を細めて、真剣な表情でシェイラを見ていた。

「おそらくココが始祖竜だというのは間違いないでしょう。そしてそう分かった以上、ココの親となるあなたの責任は初めに考えていたものよりひどく重い。ココに何を教えるかで、この世界の秩序さえ失われてしまうかもしれないのです」

「それって……ココが悪いことをするかもしれないという意味ですか？」

「並の竜では歯が立たないほどの大きな力を持った存在ですから。可能性がある限り危険視する必要性はあるでしょう」

「…………」

シェイラはココを抱きしめる腕に力を込めた。

抱きしめる腕が、僅かに震えているのに気が付いたけれど、それでもココを離したくなかった。

「きゅ？」

小さな鳴き声にはっとココを見下ろす。

いつ起きたのか、赤い目がシェイラを一心に見つめていた。

「ココ……」

心配そうな表情でシェイラを見上げてくるココに、シェイラは意識して笑って見せる。

それから居並ぶ面々を順番に見渡し、最後にアウラットをしっかりと見据えた。

「私は、ココを信じています」

（絶対に争いを起こすような子ではないもの）

シェイラが少し落ち込んだだけでも、心配そうにすりよってくる、人の感情に敏感な優しい竜。

生まれてから今までシェイラが見てきたココはそういう子だ。

「……まぁ、今のところはな。特に問題も起きていないし、……と言うか特殊な事例すぎて対策の打ちようもないし」

ソウマが苦笑して言ってくれて、他の面々も同意して頷く。

「とりあえずは何かの予兆などを見逃さないように、皆で気を付けて見ていることが最善ですかな。始祖竜の成長過程など、人間はもちろんどの竜も知らないでしょうから」

「そうそう。皆で育てればいいんだよ。何でもかんでもシェイラに任せなくてもいい。シェイラも、変に背負わないでココに何かあれば絶対に誰かに相談するって約束な」

「っ……はい！」

これからのココがどう成長していくのか。

ココが他種の竜や人間にどんな影響を与える存在になるかなんて、今わかるものは誰もいない。

けれど絶対に害悪にならないように。

誰かに迷惑をかける竜にならないように。

今のままの朗らかで優しい子のままで伸びていって欲しい。

そのためには育てる立場である自分がもっとしっかりしなければと、シェイラは心に刻んだ。

会議室から廊下へ出るなり、カザトは庭へと飛び出して翼を広げた。
二、三度羽ばたかせて十数センチだけ浮いた状態で、後に続いて出てきたシェイラとココを振り返る。
他の面々はまだ会議室の中で、後始末のための話し合いを続けていた。

「もう用は無いよね。僕は行くから」

「お急ぎなのですか？」

「人間が大勢いるところって苦手なんだよ。王都なんて騒々《そうぞう》しくてうっとうしい！」

風の性質を持つカザトの耳には、風に乗って人間の会話がことさらよく届く。

たとえ目に見える場所にいなくても、王城という一つの建物の中には何百人という人間が存在していた。

息を吐く暇もなく常にざわつく耳元が苛立たしくて仕方がない。

だから早くこの場を離れるのだと言って顔をそむけてみせると、目の前にいるシェイラは悲しげに眉を下げた。

「もっとカザト様とお話をしてみたかったです」

「っ……何なんだよ、あんた」

（なんか変に懐かれてない？　意味が分からないんだけど）

カザトは自分の口の悪さも自覚しているし、良い態度もとっていないことも分かっている。

だから年頃の人間の少女には大体苦手とされて遠巻きにされていた。

なのにどうしてかシェイラはカザトを嫌ってはいないようで。

他人に好意をもたれるような性格をしていないことを知っているカザトは、シェイラの反応に戸惑うしかなかったのだ。

カザトは宙に浮いたままのいくらか高い位置からシェイラをじろじろと見つめたあと、ため息を吐く。

そして緩やかに吹いた風に煽られた藍色の前髪を掻き上げた。

「まぁ万が一また会うことがあったなら、お話ってやつも多少はしてあげるよ」

一所に留まらないで広い世界を気まぐれに飛び回るカザトが、寿命の短い人間と再会する可能性はひどく少ない。

だからいくらかの意地悪を込めてそう言ってみた。

けれどシェイラの表情はみるまに笑みを形作っていって、嬉しそうに印象的な薄青色の瞳を細めるのだ。

「楽しみにしています」

「っ……！　もし会ったらだよ！　二度とないと思うけどね！」

カザトはそう言い捨てて翼を大きくはためかせ、シェイラの返事も聞かずに空高くへと上昇した。

王城の屋根より高く飛び、さえぎるものが無くなったのを確認してから本来の竜の姿へと身を変える。

藍色の艶光りする鱗に覆われた姿で、最後に地上を見下ろしてみると、シェイラと彼女の腕に抱かれたココが大きく手を振っていた。

(なんなの、ほんと)

――別れに感じたのは、少しの寂しさ。

胸に疼《うず》き始めた感情に名前を付けるのは悔しくて。

そしてまた人の女性と同じことを繰り返してしまうかもしれないことが恐ろしい。

二度と彼女には会わないと、心に決めた。

(しばらく他国にでも行こうかな)

背にまとわりつく何かを振り払うかのように、カザトは東の地平線を目指して思いっきり羽ばたいた。

空向こうにあるもの

ロワイスの森に出かけてから数日後、王城にあるシェイラの私室に客が訪れた。

「シェイラお姉さま！」

肩口でくるりと巻いた白銀の髪と、左右に結んだ若草色のリボンが、彼女が地を駆けるたびに跳ね上がる。

気の強さを表す大きな目を輝かせて、妹のユーラがシェイラに勢いよく抱きついてきた。

足に力を入れて二人分の体重を支えどうにか転ぶのを踏みとどまってから、シェイラは妹の身体を抱きしめなおす。

暖かさを堪能したあとは少し距離を離して、数か月ぶりに会う妹の顔を覗き込んだ。

「ユーラ、少し身長が伸びたかしら？」

「そうかしら？　自分ではよく分からないのだけど」

「たしかよ。視線の位置が高くなったもの」

「私の背が伸びるくらい顔を見てなかったってことでしょう？　お姉さまってば竜に夢中で全然帰って来てくれないのだもの」

ユーラが拗《す》ねて唇を突き出す。

王城での生活はめまぐるしくて、家へまったく帰っていないのは事実だから、シェイラは苦笑して眉を下げた。

「ごめんなさい。ユーラから来てくれて嬉しいわ。さぁ座って」

「はーい」

家族と何か月も顔を合わせないなんてこと、十五年間生きてきて初めてのことだった。

毎日が新鮮な驚きに満ちたこの王城での生活は、ホームシックにかかる暇さえなかった。

それなのに実際に会ってみると、やっぱり懐かしくて嬉しい。

家を離れていることに、少しの寂しささえ感じてしまう。

シェイラに勧められるままに椅子へと腰かけたユーラは、城の侍女がお茶を入れてくれるところを大人しく待っていた。

（……そわそわしてる）

思わず苦笑してしまいそうになる。

慣れない場所に緊張して大人しく口を閉じているけれど、ユーラの視線は部屋のあちこちを慌《あわただ》しく巡っていた。

（この部屋に初めて入った頃の私もこういう反応だったのかしら）

豪華なのに品が良く可愛らしいインテリアの部屋が、とても嬉しかったのを思い出した。

蒸される茶葉の香りをかぎながらユーラの視線をたどってみると、彼女の薄青色の瞳は一点をじっと見つめていた。

そこは庭に面した一面窓の向こう側。

木陰でクリスティーネと遊ぶココの姿だ。

ココがせわしなく何か話しかけていて、クリスティーネはおっとりとした動作で時々頷いている。

「……お姉さま。あの三つくらいの男の子、羽が生えているうえに角もあるように見えるのだけど、もしかして」

「えぇ。ココよ。人の姿を取れるようになったの」

「人の姿⁉ 絵本の中みたい！ 本当にそんなことが出来るものなのね」

大きく見開かれたユーラの目と口に、シェイラは微笑して頷く。

「まだ少し中途半端で、羽と角は隠せないみたいなのだけど」

「えー？ あれでいいじゃない。羽が付いていた方が絶対可愛いわ！」

「そう？」

「えぇ、絶対！ それで一緒にいる綺麗な女性は？ 何と言うか……とても珍しい恰好。異国の方だったりするのかしら」

「水竜のクリスティーネ様よ」

「まぁ水竜‼ だから珍しい恰好なのねっ」

「水竜だから……かしら…」

おしゃべりをしている間に紅茶を注ぎ終えた侍女が、カップをシェイラとユーラの前に置く。

続いて中央には、アフタヌーンティー用の三段になったティアースタンドがセットされた。

侍女がお辞儀をして退室したのを確認すると、ユーラは早速一番下の段のサンドイッチに手を伸ばした。

血色の良い唇を開けて一口食べると、彼女の顔はみるみる間に幸せそうにほころんでいく。

一緒にいる人間が思わず釣られてしまうほど、ユーラは元気で表情が目まぐるしく変わる子だ。

所作が子供っぽすぎるような気もするけれど、それさえも彼女の長所に思えてしまう愛くるしさなのだ。

もっともその感想に姉としてのひいき目が多少なりとも入っていることはシェイラも自覚している。

「おいしいー。幸せー」

「でしょう？　ここの料理は何を食べてもおいしいの。でもユーラと一緒にいると、慣れた家の味が欲しくなってしまうわ。みんな元気にしている？」

普段は美味しく食べている王城の料理も、妹に会ってしまうとなんとなく味気なく感じた。

実家での家族との食事を思い出してしまったのだ。

ここに居る人や竜たちもティータイムにはたびたび付き合ってくれるものの、普段の食事は基本的に一人きり。

実家での食事はさすがに王城ほどの豪華さはないけれど、温かくて、そして賑やかで楽しかった。

「ええ。みんな相変わらずで……あっ」

食べかけのサンドイッチを手に持ったまま、シェイラの台詞で何かを思い出したらしいユーラが声を上げた。

「なぁに？」

「あのね、私。お姉さまを呼びに来たの」

「呼びに？」

ユーラがこくりと頷く。

「お父さまが連れて帰ってきなさいって仰《おっしゃ》って」

「……お父様が。そろそろストヴェールの領地から帰ってくるころだろうとは思っていたけれど。……あぁ、だからユーラは事前の知らせもなく突然来たのね」

「えぇ、そうなの。ごめんなさい」

ユーラは本当に突然シェイラを訪ねて王城にやってきた。

丁度ジンジャーの授業は無い日だったし、それにシェイラは面会に許可を必要とされるほどの身分でもないうえ、身内であるのだから、ユーラは何の障害もなくすんなりとここへと通された。

けれど姉を訪ねると言っても、王城なのだ。

普通は事前に知らせがあって当然だった。

手に持っている分のサンドイッチを全部飲み込んだユーラは、そっとシェイラをうかがうように見上げてくる。

「その…お姉さまが勝手に家を出たことに怒ってらっしゃるみたい。お兄さまがとりなそうとしたのだけど聞く耳持たずって感じで。……叱られると思うわ」

「いいわ。すぐに帰りましょう」

勝手に家を出てきたのだから、多少怒られることくらい予想していた。

それにユーラと会うと家族がどうしようもなく恋しくなってしまって、帰りたいと素直に思った。

「外出の伝言を頼まないといけないから少し待っていてくれるかしら」

「わかったわ。ねぇ、ココも一緒よね」

「えぇ。もちろん」

ユーラの期待に満ちた問いに、シェイラはしっかりと頷いてみせてから、窓の外のココを指す。

「だから庭からここまで連れてきてくれるかしら」

「わかったわ！」

張り切った声を上げたユーラは、そのままの勢いで立ち上がって庭の方へ出ようと身をひるがえす。

妹の分かりやすく可愛い反応に思わず笑いをこぼす。

おそるおそるココとクリスティーネへと近づいていく妹の背を見守りながら、シェイラは伝言を頼むための侍女を呼ぼうと、テーブルの上のベルに手をかけるのだった。


「帰ってきなさい」

父のグレイスに、母のメルダ。

長女のシェイラ、次女のユーラと、そして次男のジェイク。

ストヴェールの領地に居る長兄以外の家族全員が、食事をすでに終えて居間に集まっていた。

久しぶりに帰った実家で、久しぶりにそろった家族との団らん。

楽しいはずの時間なのに、居間はぴんと張りつめた空気に満ちていた。

「ユーラから聞いてはいましたけれど。私が竜の親代わりを務めること、やはりお父様は反対なのですね」

ソファに座ったまま、父のグレイスは太い眉を寄せて、茶色の瞳でシェイラを睨んでくる。

ローテーブルを挟んだもう一方のソファに母と妹と一緒に腰かけていたシェイラは、斜め前からくる威圧感に負けないように、お腹に力を入れて背筋を伸ばした。

「国にとって竜がどれほどに大切なものなのか、お前は本当に理解しているのか」

「分かっています」

「竜の親などと、責任の重いものにつくなんて認められん」

「もう決めたのです。ココと一緒にいるための責任も負う覚悟は出来ています」

「親の知らぬ間に勝手に家を出て、未婚の娘のすることか」

「お父様の不在の間の全権は、ジェイクお兄様にゆだねられているはず。そのお兄様からの許可はきちんととりました」

グレイスは苦虫をかみつぶしたような顔をしてため息をつく。

あまり我も強くなく我儘も言わないはずのシェイラのがんとした態度に呆れているのか。もしくは戸惑っているのかもしれない。

シェイラだって自分が父の意に反するようなことを仕出かすなんて少し前までは思ってもいなかった。

それくらい聞き分けの良い娘だったのだ。

意志のない流されやすい人間だともよく言われる。

でもココの親であることを投げ出すなんて、シェイラにはもう絶対に出来ない。

ココが大きくなるまで、ココにまつわるすべての責任を背負う覚悟くらい出来ているのだ。

「……お父様がなんと言おうとも、私は王城でココを育てます」

真剣な表情で父を見据えるシェイラは、父の鋭い眼光にも気後れすること無く言いはなつ。

「いいや、許さない」

しかしグレイスも引く様子は見せずに腕を組んで厚い胸を張った。

「もう城へは行かせない。火竜は今シェイラの部屋にいるんだったな。明日にでも私が城へ預けてくる。シェイラはしばらく家から出るのも禁止だ」

「そんな！」

シェイラは思わずソファから立ち上がり、父をにらみつけた。

家長《かちょう》であるグレイスが言うのである。

使用人達に見張らせて、本当にシェイラが外へ出られないようにしてしまうことなんて簡単だ。

どれだけシェイラが抵抗しようが、逆らうことは難しかった。

たとえ頑として父の言うことを受け入れないと宣言しても、大人の力と保護者としての権力で彼はシェイラを制してしまえるのだ。

父親に逆らう術《すべ》が思い浮かばないシェイラは、歯がゆさに両手を握りこむ。

「――――お父さま、少しおかしいのではなくって？」

それまでシェイラと父のやりとりを、編み物をしながら聞いていたユーラが口を開いた。

シェイラはもちろん、居間に集まっている全員の視線がユーラへと集まる。

ユーラは落ち着いた様子で編み針を膝の上へと置いてから、ゆっくりと皆を見回した。

ちなみにシェイラと母の手にも編み針が握られている。

もうすぐ冬がくるから、ココの防寒になるものを母に習っている最中なのだ。

「だってお父さまは私たち子供がやりたいこと、したいこと、本気で取り組もうと努力することには、今まで絶対に口出しなんてしなかったわ。それがお前たちのやりたいことならばと、むしろ応援さえしてくれていた。なのに今回に限って真っ向から反対なさっているのだもの。その理由も『竜なんてすごいものお前には荷が重すぎる』という、いつもなら出来るところまでやってみろって背中を押してくれる場面なのに」

「っ……」

ユーラの鋭い指摘に、グレイスは明らかにたじろいだ。

そして他の面々も、父の言い分に違和感があることに気が付いた。

父の隣に座っていた次兄のジェイクが指を口元へあてて、難しい顔で頷く。

「そう言われれば、おかしいかもしれないな」

「そうでしょう?」

兄妹達の反応の中、シェイラはふと母を見る。

彼女は我関せずといった具合に黙って編み物を続けつつ、微笑を浮かべていた。

兄妹が喧嘩をした時も、父と兄が仲たがいした時も、母はいつだって中立的な立場を貫いてきた。

どちらが悪いとか、どちらが正しいとか言うこともない。

もちろん悪戯などをすれば怒るけれども、基本的には何が正解なのかは自分で考えて決めなさいという放任主義な性格の人だ。

今回ものんびりと見ているだけの様子から口をだすつもりもないらしい。

そして母とは反対に、父は正と誤をきっちりと分けて間違ったことを許さない。

悪いことをすればたとえ娘であっても容赦なく拳が飛んでくるし、良いことをすれば頭を豪快に撫でてくれる。

子供たちを心から愛し、成長を喜んでくれていて、何かをしたい、やりたいと意気込む子供の意志をさえぎったことなんて、今まで一度もなかったはずだ。

ユーラが剣を学びたいと言えば、練習用の剣を与え指南役を雇ってくれた。

シェイラが貴族の娘であるのに料理が得意なのも、使用人の仕事だからと台所に立つことを止めるような親で無かったからこそだ。

――それが、今は真っ向から反対している。

人道に外れるようなことなんてしていない。

竜《ココ》を心から大切に思っている。

いつもならば絶対に応援してくれるはずの場面だ。

ココの傍にいたいと、シェイラがこうして必死に言っているのに。

どうして父は反対するようなことを言うのだろう。

（お父様らしくないわ……）

ユーラの意見と合致したシェイラは、答えを聞き出すために父《グレイス》を見上げた。

「お父様、どうしていけないのですか？　きちんとした理由を教えてください。そうでなければ納得なんて到底できません」

「…………それは」

グレイスが珍しく言いよどみ、さらに視線を外してしまう。

いつもと全く違う彼の様子に、兄妹は三人そろって目を見合わせて首をかしげた。

そこへ珍しく割って入って来たのは母メルダの声。

「……シェイラ、セブランへ行きなさい」

シェイラやユーラよりもっと色素の薄い白銀の髪を纏めて結い上げたメルダは、おっとりと微笑みながらそう言った。

「セブラン？　お母様の故郷の？」

セブランは国の最北端。

今そこへ行けと言われる意味が分からず、更に疑問でいっぱいになる兄妹たち。

「いきなり何なのですか？　お母さま。お姉さまが竜の親になることと、お母様の故郷のセブランに関係なんて無いでしょう？」

「いいえ、ユーラ。関係はあるわ」

「メルダ‼」

グレイスの遮るような声が響いた。

シェイラは驚きと困惑で両親の顔を交互に見ることしかできなかった。

しかし母のメルダは、父グレイスの厳しい声なんて気にもかけないように、いつも通りおっとりと微笑んでシェイラを見た。

「セブランにいる私のお母様。あなたのお祖母様《ばあ》を訪ねなさい」

「お祖母様……」

セブランに母方の祖母がいるというのは知っていた。

祖父はすでに他界していて、現在祖母は一人暮らしをしているはず。

王都の北にある実家ストヴェールよりさらに北、国境近くにある辺境の地のセブランは、一度も訪ねたことがない。

祖母との交流は年に何度か家族あてに手紙が届くくらい。もちろん会ったこともない。

（どういうこと？）

母の意図が分からない。

シェイラに代わって、焦れたジェイクが口を開く。

「母様、話が抽象的すぎてよく分かりません。詳しく話していただけないでしょうか」

「それは出来ないわ。少なくとも今は」

メルダがゆっくりと首を振ると、いまだ渋い顔をして唸っているグレイスの方を向く。

「あなた。これはシェイラが決めるべきこと。この子が竜と共にあろうとするならば、いずれたどり着き、真実を見ることになるわ」

「だからそれを止めようと」

「もう無理よ。シェイラは竜を想っているのだもの」

「…………」

グレイスは指を眉間に添えて重々しく息を吐く。

そのまましばらく、何かを考えるように沈黙した。

グレイスが何を言うのかを、シェイラ達兄妹は固唾《かたず》をのんで大人しく待った。

父と母の会話の意味はさっぱり分からないけれど、重要なことだということは分かったから。

だから父グレイスの考えが決まるのを、待つことにした。

そしてしばらく経ってから、グレイスは今日一番大きなため息を吐く。

大柄で筋肉質なグレイスがなんだか少し小さくなっているように感じた。

そう感じるくらい、彼は肩を落として嘆息《たんそく》したのだ。

「……仕方ないか。シェイラは昔から竜の絵物語ばかり見ていたからなぁ」

「あの、お父様」

「シェイラ。竜の傍にいたいのだな」

「っ……、えぇ！」

「だったら、メルダの言うとおりセブランに行ってお前のお祖母さんに会ってきなさい」

「……よく分からないけれど、お祖母様に会いさえすれば私がココの傍にいることを許してくれるのですね？」

「そうだな。それでもお前が竜の傍にいることを選ぶのならば。もう仕方がないだろう」

祖母に会ってなにが変わるのかは、さっぱり分からない。

でも、頑固者の父を納得させるにはセブランへ行くしかないみたいだ。

シェイラは首を捻りながらも、父の言葉に従って頷いた。


「……と、いうことでセブランへ行く許可をいただけますでしょうか」

翌日の昼過ぎに王城へ帰ってきたシェイラは、アウラットがいくつか持つ私室のひとつでアウラットとソウマとテーブルを囲みお茶をしながら、セブラン行きのことを説明していた。

ココはシェイラの隣に座ってお菓子を頬張っている。

アウラットはティーカップにミルクを注ぎつつ口を開いた。

「シェイラがセブランに行くことを止めるつもりはないが。ココも一緒に連れて行くつもりなんだな？」

「はい、できれば」

アウラットは眉を寄せて、息を吐く。

あまり乗り気ではないみたいだ。

「……火竜は寒さに弱い。冬になろうとしているこの時期に北のセブランのような場所に連れて行くのは…。シェイラが行っている間、別の世話係に任せた方が良いのではないか？」

初めはシェイラに、ココが大きくなるまでは離れられないと嘘まで言って傍に付けさせようとしたアウラットが、今回は置いていけと言う。

彼の言動の変わりように首をかしげながらもシェイラはどうしようかと悩んだ。

（……ココのためにはやっぱり置いて行った方がいいのかしら）

セブランまで馬車で行って帰るだけでも二か月か三か月。

さらに雪に閉ざされてしまえば、いつ帰れるかもわからない。

幼い竜への負担を考えれば躊躇《ちゅうちょ》してしまう。でも母の様子からして、セブランで祖母に会うことには非常に大きな意味があるらしく、シェイラは一人であっても行かないわけにはいかない。それも出来るだけ早くに。

しかしアウラットの意見にいち早く反応したのはココだった。

頬を膨らませて、口元にお菓子のかけらをくっつけながらも身を乗り出す。

「いーや！　しぇーらといっしょに行くぅ！」

「…………」

竜の行動を人が制限することは出来ない。

人と竜が一つの国の中で平穏に共存していくためには、お互いの拘束《こうそく》や束縛《そくばく》はご法度《はっと》だった。

安全のためにココに普段は城内から出ないように言い聞かせているものの、それにも絶対的な強制力があるわけではない。

ココが行きたいと声にだした時点で、もうココがセブランへ行くことは決定したようなものだ。

ソウマがさっきまでのココと同じくらい幸せそうな顔でドーナッツを頬張りながら、シェイラへと目を向ける。

「送っていってやろうか？」

「はい？」

「乗せてってやるよ。竜の背に乗っていけば、あっと言う間だろう」

ソウマの突然の申し出に、シェイラは驚いて顔を上げる。

「竜の、背に……？」

竜の背に乗り、大空を自由に飛ぶこと。

それはシェイラの子供のころからの夢。

いつの日かココが大きくなった時に叶うかもしれないなんて、ひっそりと思っていたのだが。

ソウマが叶えてくれるというのだ。それもものすごくあっさりと。

「竜の背に乗って空を飛ばせていただけるのですか？　私が？　本当に？」

シェイラの目があまりに輝いていたのだろうか。

「ぶっ！」

ソウマが何とも言えない表情で吹き出した。

「怖がらないんだな？　空を飛ぶなんて、夢見る子供はいても現実になれば大抵の者が怖気《おじけ》づくぞ？　なにせ手綱《たづな》一つ無いんだ」

「そんなこと、有り得ません」

「その考えが珍しい。たいていの人間は落ちた時を想像してしまう」

「でも竜との信頼関係があれば、落ちるなんて絶対にないでしょう？」

そのきっぱりとした台詞に、ソウマはまた笑いを漏らす。

「シェイラは竜を信頼しすぎじゃあないか？」

「だって、竜ですよ？」

「なんだそれ。どういう理屈なんだか。ははっ」

シェイラは竜と一つになって大空を飛ぶ所を想像しても、うっかり落ちてしまった所を想像なんてしない。

もし滑り落ちてしまったとしても、竜ならすかさず助けてくれるという絶対的な竜への信頼がシェイラの中にはあった。

空を飛ぶ竜使い達もまた、上空で己を守る竜を信じているからこそ、雲の上まで行っても余裕でいられるのだ。

「まぁ、ソウマが行けばココの守りにもなるだろうし。日程は短い方が負担も少ないか」

ソウマの同行があることで安心したのか、アウラットは少し考えるような仕草をした後に、ゆっくりと頷いた。

❖ ❖ ❖ ❖

「まさかシェイラを乗せると言いだすとは、思わなかった」

城内を歩く人もまばらになり、静まりかえった深夜。

アウラットは自分の室でソウマと共に暖炉の前のソファに腰かけ、酒を飲み交わしていた。

ソウマはアウラットの台詞に、苦虫をかみつぶしたような表情を見せて視線を逸らす。

「なんだよ今頃。さっきは普通に賛成していたじゃないか」

「あれでも内心ずいぶん驚いていたさ」

アウラットはひょいと肩を竦めて、苦笑した。

竜がしたいということを止める権利は持っていない。

束縛も、強制も出来ない。竜が自由に生きる場所を差し出すことと引き換えに、竜達はネイファを守護してくれている。

ココがシェイラと一緒に行きたいと望み、ソウマも同行しようと言いだした時点で、アウラットに止める術はなかった。

「よほどシェイラを気に入ったのか？」

「……火竜の子を育ててもらっているからな。感謝はしている」

「本当にそれだけ」

「何が言いたいんだよ」

手に持った色硝子《いろがらす》で出来た杯を豪快に呷《あお》りながら、ソウマが目を鋭く細めた。

苛立っている、と一目で分かるその表情が物語っている。

竜を本気で怒らせてしまえばその力で、人の首など一ひねりで折ってしまえるだろう。

ひしひしと感じるのは、丸腰で腹を空かせた獅子《しし》に出会ってしまったかのような威圧感。

しかし旧知の中であるアウラットがソウマにひるむことはない。

まだ警告の段階なのは見て分かる。

杯の縁を指でなぞりつつ、アウラットは面白げに口元を緩める。

「分かるだろう？　シェイラを女性として見ているのでは？」

「お前なぁ……。なんでそっち方面に持っていきたがるんだよ」

「それくらい珍しいと言っているんだ。この城でもう二十年近く過ごしているくせに、ソウマは私以外に親しい人間を一人もつくらなかった。それを、背に乗せて旅をするほど気に入る女性が現れた。しかも年若く可愛らしい少女ときた」

竜が人を背に乗せるのは、よほど相手のことを信頼していなければありえないことだ。

気を使って自由に飛びまわることも出来なくなるし、落とさないようにとずっと気を張って居なければならない。

ある程度の繋がりが常時発生している契約者を乗せるのではないのだから、飛行は余計に不安定になるはず。

竜にとっても、なかなかに体力と精神を消耗することなのだ。

だから先日シェイラとココとともにロワイスの森に出かけたときも、ソウマは普通に馬車を使って移動したのに。

今回は何の躊躇いもなく『背に乗っていけばいい』と言いだした。

アウラットの知る限り、ソウマが自分以外を乗せるのは初めてのことだ。

「有り得ない」

ソウマが暖炉の火を赤い目に映しながら、きっぱりと言う。

「それは、違うからか？」

何度も聞いた。人と竜の境界線を越えてはいけないと。そういうものなのだと。

「そうだ。人と竜は絶対的に違う生き物だ。生きる国が違うとか、宗教が違うとか、身分が違うとか、そういう問題ではなく、すべてが違う。恋愛対象になることは、有り得ないことだ」

本来、竜は恋をしない生き物だ。

つがいとは力の大きさや繁殖能力で決めるもの。

間違っても情で選ぶものではないというのが彼らの考えらしい。

契約という形で人との心のつながりを望んでおきながら、反して生涯を共にする婚姻関係を人と結ぶことには酷く躊躇する竜たち。

（どう違うのか、私にはさっぱり分からないのだが）

人との『友情』は歓迎するのに、人との『恋』にはひどく脅えている。

どちらも同じくらいの絆の繋がりの深さだと、アウラットは思う。

しかし竜にとってはその二つの関係の間には、とてもとても高い壁があるらしい。

その狂おしい恋情《れんじょう》を得ることが、余程怖いのだろうか。

「まぁ、お前の好きにすればいいけどな」

アウラットは釣れない態度の相手にため息を吐いて、話はこれでおしまいだとばかりに持っている杯をソウマの手にする杯にあてた。

キン、と小さくも高く透明な音が鳴る。

あからさまにほっと肩の力がぬけたソウマの様子に、やっぱり気になっているんじゃないかと問いかけそうになったが、これ以上の追及は本気で怒らせそうなので黙っていることにした。

「……っていうか、お前。シェイラのこと嫌いなら放って置けばいいじゃないか。なんでわざわざ話を引っ張ってくるんだか」

終わらせたと思った彼女に関する話題を、今度はソウマから振ってきた。

大人しく杯の中身を口に含もうとしていたアウラットは目を見張って顔を上げた。

二人の視線が交わると、ソウマは喉の奥を慣らして苦笑する。

「シェイラの守りは浅い。彼女を人質にでもされれば、あっさりココを持って行かれる可能性さえあるのに」

「…………」

ココ単体では、もう自分の身を守れる力は付いている。

よほど大人数でないかぎりは火の玉でも出せば反撃できるだろう。

でも一緒にいるシェイラを守れるほどではない。

「見ていれば、うっかり狙われちゃってもいいや一って思っているのは分かるって。最初の頃は本気で興味がないって感じだったけど、今はむしろ憎々しく思っている。でもココのことを考えれば完全にいらないものとして決断もできずに、結局どっちつかずだ。なによりもシェイラの話になるとどろりとした感情が流れてくるし」

「……こういうところは、やっかいな契約だな」

おぼろげだけれど、ある程度の感情が共有される契約の術。

竜の心がわかるなんて素敵すぎる！　と思って契約したが、こういう風に簡単に好き嫌いを察せられてしまう所は少し考え物だ。

面倒くさくて複雑で理解しがたい思考の人間の感情の揺らぎが、竜にとってはもの珍しく興味をひく。だからソウマはアウラットを契約者に選んだ。

「そうだよ。幼い竜に気に入られたってだけでももやっと来るね。でも適任だし、何よりココ自身がそう願っていると分かったから、そばにつけさせたっていうのに」

ココが喜ぶから。それだけの理由で、親代わりとなるにあたって付いてくる危険などには一切触れないまま、シェイラを城に迎え入れた。

アウラットはいったん言葉を切って、杯の中身を全て呷る。

空になったそれをサイドテーブルの上に少し乱暴に下ろすと、ガラスの震える感触が手に伝わった。

「……でもそのココが、ただの火竜ってだけでなく始祖竜だった？　そのうえクリスティーネとお茶飲み友達にまでなっている。水竜だぞ？　あの水竜と会話が成り立つとか、ありえないだろう」

水竜は、水の流れのごとく興味のあるものが次々と移ろう性質をもつ。

特に人間は目の端にもかからないようで、アウラットにいたっては挨拶さえ成り立たないのだ。

彼女にとっての唯一の例外は、ジンジャーだった。彼は竜使いだから、まぁいい。

けれどシェイラはただの娘。それがいつの間にかティータイムを共にして談笑する仲になっているると知った。

「しかもだ。風竜のカザトにもなつかれているようだった。どれだけ竜に囲まれれば気が済むんだか」

「つまり、竜に好かれて囲まれているシェイラが妬《ねた》ましいと」

「ふんっ。……なぁ、どうして竜たちは彼女のことを好く。理由があるのか？」

「理由？　んー……」

羨ましがり過ぎて面倒くさいことになっている契約者を不憫《ふびん》に思ったのか、ソウマは真面目な顔で顎に手をあてて唸りながら考えた。

「……特に、ないな。まぁ、確かに他の人間よりかは親しみやすいと思うんだが、これと言ったものがあるほどでも」

「……そうか」

ソウマがウソでもごまかしでも無く、本当のことを言っているのが分かるから、アウラットは肩を落として息を吐く。

「………」

アウラットは自分の性格が最悪なことくらい、誰に言われなくても自覚をしている。

人の感情に疎く、いろいろと間違った方向に育ってしまった。

中でも竜に関わることになると、とたんにおかしなことになる。

何も悪いことをしていないごく普通の少女でさえ、竜が関わるというだけで醜い嫉妬《しっと》の対象になる。

ココからすれば唯一の存在。

しかし竜の唯一になれることが、なおさらアウラットの苛立たしさを掻き立てた。

(私だって、ソウマだけでなく何匹もの竜に囲まれてお茶したいのに‼)

たまたま卵を手に入れて、たまたま孵化《ふか》する瞬間に立ち会ってすり込みされただけの、何の変哲もない少女なのに。

本来は人に興味を示さないはずの何匹もの竜から好かれるような、特別な何かをもっているようには、アウラットから見た感じではどうしても思えない。

けれど事実、竜たちは確実に彼女を特別なものとして認識している。

あの年頃の娘を苦手としていたソウマでさえも、こうして目に留めはじめている。

(彼女の何に竜たちが惹かれるのか……)

たとえ嫉妬という良くない感情であっても。

今まで竜にしか心を動かされなかったアウラットは、初めてシェイラという一人の人間に、興味を抱いたのだった。

セブランへの旅が決まって数日後。

数日分の着替えが入った鞄《かばん》を持ったシェイラは、空の塔の最上階、屋上にいた。

「ジンジャー様の部屋からの景色も凄かったけれど、屋上まで上ると更に遠くまで……海まで見えるのね」

隣で羽をはばたかせて、シェイラの視線の高さを飛んでいるココが不思議そうに首をかしげた。

地平線の向こうに薄《うっす》らと見える、日に反射して時折光る水面にシェイラは驚いた。

「うみー？」

「海はね、たくさんの水があって、波があるのよ」

「なみ？」

「こう……ざばーんって」

「ざばん？」

「シェイラ、その説明はさすがに俺でも分からん」

「ソウマ様」

振り向くとソウマが屋上の扉を開くところだった。

「やっぱり分かりづらかったです？ ……最近、あれ何？ とかどうして？ が多くて答えるのが大変なんです。もっと上手く教えてあげられたら良いのですけど」

色んなものや言葉を覚える年頃の子の興味は、何にでも伸びてしまう。

その興味を摘み取らないようにと出来る限り答えてはあげたくても、やはり理解出来るように噛み砕いて分かりやすく、となるとなかなか難しかった。

「あぁ、ココもそんな時期か。まぁ言葉じゃ難しいだろうしな。今回行くのは山だが、そのうち海にも連れていってやるか」

ココの赤い髪をソウマは乱雑に撫でる。

身をよじらせながらも嬉しそうにしているココの様子に、シェイラも笑いをこぼした。

どこか遠くへ出かけるときは、いつだって期待で気分が弾む。

今回も同じだ。父と母が何をシェイラに見せたいのかは分からないけれど、初めて訪れる場所に行けること。そして何より竜の背に乗って飛ぶことが出来ることが、楽しみで仕方がなかった。

「よし。暗くなる前に向こうに着きたいし、そろそろ行くか」

「はい。よろしくお願いします」

シェイラがそう言って頭を下げると同時に、ソウマの身体が変化する。

まずはいつものように背中から翼が生えて、身体が巨大化していくとともに竜の姿へと変わっていく。

あまりに大きくて、屋上から尻尾がはみ出ていた。

『背中、乗れるか?』

「え、声が……」

頭の中に、ソウマの声が響いた。

耳から聞くのとはまた違う、今までにない感覚に驚くシェイラの頭に、また直接ソウマの声が伝わる。

『竜の姿のときって人間の言葉話せないんだよ。だから念波で意思を伝えるのが竜のやり方。そのうちココも出来るようになるんじゃないか？』

「ココも？」

『出来ない竜なんていないって。ほら、乗りな』

ソウマは手足をペタリと地に付けて出来るだけ低い姿勢をとってくれた。

シェイラは鞄を肩にかけると、赤い鱗の出っ張りを利用して慎重に登って行った。

男兄弟が二人も居れば、子供のころ木登りや岩登りに付き合わされる機会も多くあったので、要領は分かっていた。

さらに竜に乗り空を飛ぶということで今日のシェイラは珍しくズボン姿だから、それなりに身軽な動作で登っていく。

もっとも飛んで登ったあげく、今は大きなツノにぶら下がっているココの身軽さにはまったくついていけないけれど。

「よ、い……しょっと」

「しぇーら、がんばてー」

「あ、ありがとう」

ココの応援に応えながら、なんとか背中のほどよく平らな場所に身をおさめて一息つく。

「ソウマ様、登りました……あの。大丈夫ですか…？」

『はは。何が』

「いえ……男性の背中に乗っているのだと考えたら少し気遅れしてしまって」

『今更だなー』

「本当に、今更すぎますよね……」

竜に乗っているのは嬉しいけれど、ソウマに乗っているのは落ち着かない。

どちらも同じ存在なのに、固有の名前が付くだけでずいぶん違う気分なのだと、ここまで来てから初めて思った。

けれど今更降りるなんて選択肢もなくて、赤く大きな翼はすぐに目の前で動きだす。

ゆっくりと宙へと浮いていく不思議な感覚に、緊張と嬉しさと興奮で、シェイラの表情は子供みたいに輝いていた。

ソウマは十分な高さまで昇ったあと、城の上を何度か旋回する。

「あら？」

『どうした』

「いえ、空を飛んでいるにしてはずいぶん穏やかなのですね。もっと荒々しく飛ぶものだと思っていました」

北の方へと進みだしたけれど、シェイラの肌にあたる風は微風程度。

もっと風と浮遊感を感じて空を駆けるところを想像していたのに、拍子抜けするほど穏やかな乗り心地だ。

『いや、たぶんシェイラが思っている以上に荒々しい。人が乗っているときは守りの術で衝撃がいかないようにしているんだ』

「……！　そうだったのですね。守りの術……知りませんでした」

『そうしないとシェイラなんてあっと言う間に飛んでいくだろうな』

「迷惑かけてすみません」

『いやいや。だから……いつも思うけど謝んなって。人間乗せるときはいつもこうなんだから平気だ』

「いつも？　アウラット王子を乗せてらっしゃるのですよね」

『そう。あいつ、今は一応大人になったのか結構おとなしく王子の仕事しているけど、昔はよく一緒に旅をしていたからさ。毎日のように飛び回ってた』

「わぁ、竜との旅なんて素敵です。どんなところへ行かれたのですか？」

『えーと、たとえばだなぁ……』


――シェイラはソウマの背中に乗っている間中、ソウマから旅の色んな話を聞いた。

海にぽっかりと浮かぶ島国の話。

衣服をまとわず生きる村の人々の話。

羊やラクダと共に移動をしながら生活する遊牧民の話。

南の方の地や、北の氷に覆われた大地の話。

それはネイファというひとつの国しか知らないシェイラにとって、目からうろこが落ちるほどに驚きの連続だった。

楽しくて夢中になって、ずっと聞いていたかった。

そうしている間にもソウマは物凄い速さで空を飛んでいく。

王都から離れるにつれ、町と町の間隔が広がり、建物より自然が目立つようになる。

景色は流れるように移り変わり、シェイラの故郷であるストヴェールもとうに過ぎた。

シェイラの膝を枕にして眠るココの頭をなでながら、シェイラはふと思った。

(……ソウマ様とのお話って、とっても楽しいのよね)

シェイラは子供のころから引っ込み思案なところがある為に、友達が多い方ではなかった。

同性の友達でさえ数える程度なのだから、異性で親しい人間なんてもう家族と親戚くらいだ。

そのせいか、男の人というものにあまり慣れていない。

ジンジャーのような異性として意識しないほどの老齢の人や子供なら大丈夫なのだ。

でもソウマは体格も性格も非常に男らしい。なのにどうしてこれほど緊張も抱かず楽しく会話ができるのだろう。

(もしかして、竜だから?)

彼自身が竜であることで、シェイラ自身が初めから話してみたい、関わってみたいと、積極的に思う相手であることが、要因の一つなのかもしれない。

「でも、少し違うような気も……」

『ん？　何か言ったか?』

うっかり呟いてしまった独り言にも律儀に返事をしてくれるソウマに、思わず笑いを漏らして
シェイラは首を横へ振った。

少し間をおいてから、口を開く。

「ソウマ様の話を聞いていると、私もいつか外の国へ行ってみたいと思ってしまいました」

『行けばいいじゃないか』

「簡単に言わないでください」

国内の端に行くのだって数か月かかるのに、外の国へ行こうとすればそれは年単位で時間が必要になってくる。

「さすがにそこまでの行動力はありませんよ」

(――――これで十分)

今、実現するなんて夢にも思わなかった竜の背に乗って空を飛んでいるのだ。

十分幸せなのに。これ以上を望むのは、非現実的すぎてなかなか想像も出来なかった。

想像さえ出来ないあたり、自分の世界がどれほど小さいのか思い知らされた気がする。

『……連れて行ってやるよ』

「え」

シェイラは思わず呆けてしまって竜姿のソウマの頭を見る。

ソウマは赤い目をちらりと一瞬だけ後ろへと向けて、軽く笑った。

『今回だけじゃなくて、行きたいところがあるなら言えばいい。俺に乗っていけば世界の裏側にだって一週間もあれば行けるんだ』

その言葉に、シェイラは目を瞬かせた。

「ほ、んとうに……？」

『本当に』

「…………本気で？　冗談でなく受け取ってしまいますよ」

『だから本気だって。疑《うたぐ》り深い奴だな』

「だ、だって……。どうして」

契約をしているパートナーでもなく、友人と呼べるほど近しい関係のわけでもない。

そんなシェイラを、ソウマは簡単に世界へと連れ出してくれると言うのだ。

今回はココに関わることだからこそ手を貸してくれたに過ぎないのに。だから次を期待してはいけないのだと思っていた。

とまどうのは、当たり前だろう。

『別に、シェイラならいいかなって思っただけだ』

「………」

急に世界が広がったような気がして、頭の中がぐらりと揺れた。

絶対にないと信じ切っていた未来が、もしかすると簡単にかなうのかもしれないという期待。

竜に出会ってから、シェイラの世界はほんとうにめまぐるしく、どんどん大きくなっていく。

ついていけなくて息切れするくらいに、外へ外へと引っ張られていっている。

シェイラは手のひらよりも大きな赤い鱗をそっと撫でると、小さく囁いた。

「いつか……」

『……ん？』

「いつか、……お願いします」

『りょーかい』

念波ではなく、竜のソウマが「ぐぉう」と鳴いた。どうやら返事をしたらしい。

耳から聞こえた初めてのその鳴き声に、シェイラはどうしてか声を出して笑ってしまった。

血と選択

『シェイラ、あれ』

「はい？」

ソウマに促されて彼の背中からそろりと地上を見下ろすと、いくつも連なる山脈が見えた。そのうちのひとつ、一番手前の山の山頂付近に青い屋根の館が一軒。

視界に映るほとんど全てにもううっすらと雪が積もっていて、今年は思っていたより早く冬がきているみたいだった。

『家らしきものはあれくらいだし、間違いないよな。降りるぞー』

「はい」

（馬車での旅にしなくて本当に良かったわ。これで一か月や二か月もかけて馬車で来ていたら、もう歩くのもままならないほどの量の雪が積もっていたはずだもの）

本当に一日もかからずに国の最北端へ来てしまった。

竜のその速度に感動を覚えながら、シェイラはバッグから厚手のストールを取り出して肩に羽織った。

続いて毛糸で編んだ子供サイズの手編みのマフラーを取り出すと、ソウマの首元で景色を楽しんでいたココを手招きした。

「ココ、いらっしゃい」

「んー？」

「寒くなってきたから、これを巻いて」

コートや手袋も用意してきたけれど、ソウマの守りの術のおかげでそれらが必要なほど寒いというわけでもなかった。

だからとりあえず間に合わせでと、ココの首元に白いマフラーを巻く。

今はこれで十分だ。

「あったかー。ふあふあー」

マフラーに顔をうずめたココは背を預けてぺたりとそこへ座ったから、シェイラは暖かな小さな体を後ろから抱きしめた。

緩やかに高度を下げてくれたソウマのおかげで、何の衝撃もなく地上へと近づいていく。

みるみる間に近くなっていく雪山の景色は、ココにはもちろんシェイラにも珍しいもので、思わず目を奪われてしまう。

「まっしろだね」

「そうね。白くて、綺麗。雪というのよ」

「ゆき？　ゆき、ゆきー」

シェイラの実家のストヴェールは草原ばかりの平地。

国一番の大きな湖があって、その湖からいくつもの川がのびているから、草原はいつでも青々と茂っている。

だから高い山に積もった雪景色というのは初めてで、美しい銀世界の雄大な景色に感動さえした。

館の前の広く開けていたところへ、ソウマは竜の姿のままで着地する。

鱗のなめらかさを利用して滑るように降りて、飛び降りてきたココと一緒に雪の上へ足を下ろす。

シェイラ達が降りた事を確認したソウマも、すぐに人型へと戻った。

彼が両手を上げて伸びをすると、ココもまねをして両手を上げる。

「到着ー！」

「とーちゃく！」

「長い時間ありがとうございました。お疲れではありませんか？」

途中で何度も休憩をとっていたとはいえ、なにせ八時間以上空を飛んでいたのだ。

「まぁちょっとな。でも一晩眠れば大丈夫だって」

「……あの、ソウマ様」

「ん？」

シェイラはソウマのかたわらへそっと近づく。

手に持っているのは、先ほどココのマフラーを取り出したときに一緒に出していたもう一本のマフラー。

シェイラはそれをソウマの首元にかけた。

ソウマは背が高かったから、うんと背伸びをしてもう一重巻く。

巻き終わってから見上げると、目の合ったソウマは呆けたような表情をしていて、シェイラは慌てて近づきすぎていた身を引いた。

「あ、あの！　えっと……その……」

やましいことをしていたわけでもないのに、どうしてか挙動不審になってしまう。

「ココのものを編むときに一緒に作ったもので、全然お礼にもならないのですが……」

「………」

「ご迷惑だったら、申し訳ありません」

(手編みなんて、よく考えたら重すぎた……かも)

作っているときは本当にセブランまで付き合って貰うことへのささやかなお礼のつもりで、ココのものと一緒に仕上げた。

だけどいざ渡してみてから、手作りのものを身内以外の異性に渡すなんて初めてだったことに気付いてしまった。気付くのが遅すぎる。

「……ありがとう」

「え」

その呟きに思わず顔を上げると、目の前にいるソウマは笑っていた。

いつもみたいなあかるくて豪快な笑いではなくて、幸せそうに目を細める優しくて温かな笑い方。

「すげーあったかい。寒いの苦手だから助かる」

「っ……いえ。良かったです」

どきりと、跳ねた鼓動を誤魔化すように、シェイラは笑顔を返す。

「そーま。そーま」

「ん?」

ココがソウマの服の端を引いたから、シェイラもソウマもココを見下ろす。

ココは自分の首元に巻かれたマフラーに顔をうずめて嬉しそうに手を添えはにかんだ。

「そーま、こことおそろいだね」

「そうだな。お揃いだ。仲良しっぽいな」

「なかよしー！」

足にじゃれつくココを、ソウマは片腕で担ぎ上げる。

「うきゃーー！」

「大人しくしてろ。初めての人に会うんだからしっかり挨拶しろよ」

「はーい。こんにちはちゃんとできるよ」

「よし。ココのこんにちはを見といてやろう。俺の評価は厳しいぞっ」

ココを片腕に抱き上げたまま、ソウマは館の玄関へと歩いていく。

もう片方の手には、いつの間にか持っていたらしいシェイラの荷物が。

彼は二、三歩前へ進んでからふいに後ろに立ったままのシェイラを振り向いて、いつもみたいに歯を見せてにっと笑った。

「シェイラ。守りの術切れたから寒いだろう。早く行こう」

呼ばれたシェイラははっと肩を揺らし、慌ててその広い背中を追うのだった。


辺境の地の山奥深くにあるにしては、十分大きなその館の玄関。

ドアマンも警備も居ない両開きの扉の脇についていたドアベルに下がった紐を揺らすと、りんりんと高い音が鳴った。

待つことは一切なく、音が鳴り始めるのとほぼ同時に玄関の扉が開いた。

まるでシェイラ達の来訪を知っていて扉の向こう側で待っていたかのよう。

結構騒いでしまっていたから、客が来たことに気付いていたのだろうか。

「っ……あの」

扉の中から現れたのは、いくらか腰の曲がった小柄な老人だった。

シェイラと同じ白銀の髪は、年のせいか少しくすんだ色だったけれど丁寧に一つにまとめあげられている。

上品なアイボリー色のドレスをまとった老人は、シェイラを見上げて嬉しそうに目を細めた。

そして細い両手を伸ばして彼女はシェイラの身体を優しく抱きしめる。

シェイラの耳元で深い息を吐いたあと、彼女は感慨深げにゆっくりと口を開いた。

「いらっしゃい、シェイラ。会いたかったわ」

「……お祖母様。はじめまして」

シェイラは祖母の背を抱き返しながらも、不思議に思って首を傾げた。

「どうして私がシェイラだと？」

どんな早馬に頼んでもソウマの方が早くついてしまうのは分かっていたから、事前に知らせを送っていなかった。

それなのに祖母は訪ねてきた客人が孫のシェイラだと、当たり前のように言ったのだ。

祖母はふふっと口元へ手をあてて笑いを漏らす。

いたずら心をのぞかせた、可愛らしい笑顔だった。

「メルダと同じ顔だもの。間違えようがないわ」

「あぁ。よく似ているると言われます」

「ふふっ。まさかこんなところにまで孫が訪ねて来てくれるなんてねぇ。驚いたわ。シェイラ、お連れの方を紹介して頂けるかしら」

「あ……失礼しました」

シェイラは一歩身を引いてソウマとココを前へと促す。

「ソウマ様とココです。ええっと……」

孫娘が男性と子供を連れてきたことを、祖母はどう思うのだろう。

なんの言い訳も考えていなかったシェイラは、視線をさまよわせてどう言いつくろうかと考える。

しかし祖母は何の躊躇もなくにっこりと笑った。

「可愛い火竜さんね。こんにちは」

「え⁉　あっ」

(そういえばココの翼と角を隠していなかったわ！)

誰が見ても正体は丸わかりの状態にしてしまっていた。

ココの姿に慣れてしまってうっかりしすぎた自分の間抜けさに慌てているシェイラをよそに、ソウマは一歩前に出るといつもみたいに朗らかに笑って、手を差し出した。

「はじめまして。突然お伺いしてすみません」

「こんにちはー、しぇーらのおばあしゃま」

「まあまあ。こんにちは。私はレイヴェルというの。その髪の色、小さな竜とおそろいね。あなたも竜なのね？」

「えぇ、まぁ」

レイヴェルは当然のように握手をしてソウマと挨拶を交わしている。

普通は竜が現れたら驚くはず。

きっとシェイラがレイヴェルの立場だったら、びっくりしすぎて声もでない。

「お、お祖母様、火竜が突然お伺いしたのにどうして驚かないのですか？」

「あら、これだけ年をとっていれば竜くらい珍しくもないわ。あなたが竜とお友達なのには、たしかに少し驚いたけれど」

「そう…ですか…。……？」

（年の功というやつかしら）

年齢を重ねているぶん、彼女はシェイラより広い世界を知っているのかもしれない。

「王都には竜使い様が集まると聞くし、他の土地よりも竜とお友達になりやすいのかしらね？　そんなことよりも、寒いでしょう？　中へお入りなさい。暖かい飲み物を入れましょうね」


レイヴェルの住む館は、古い洋館だけれどとても大切に手入れされているのがわかった。

綺麗に掃除された室内。

飾られた年代を感じる調度品には塵《ちり》ひとつ積もっていない。

王都に建っていたとすれば時代遅れだと言われてしまう内装かもしれないけれど、この山奥にひっそりと建つものとしてはとても似合っていた。

火がくべられた暖炉がある、テーブルとソファがいくつか置かれた暖かな談話室に通されたシェイラ達は、レイヴェルにいれて貰ったココアにほっと息をつく。

(気が付かなかったけれど、疲れていたのかしら)

乗っていただけだからそんなに体力は消耗していないと思っていた。

でも甘いココアを飲むとたんに力が抜けて、全身に少しのけだるさを感じた。

「ココにはマシュマロを入れてあげましょうね」

レイヴェルが暖炉の火であぶったマシュマロを、ココの持つカップにいれる。

ココアの優しい甘さが広がっていた部屋の中に、香ばしさが加わった。

「うわぁ」

白いマシュマロが溶けていく様子を、もの珍しそうに見つめているココはシェイラにそれを差し出して見せてくれた。

「みてみて、しぇーら」

「そう言えばココアは初めてだったわね。きっととっても甘くて美味しいわ。飲んでごらんなさい?」

ココが熱い飲み物をこぼさないように、そっとカップを支えた。

こくりと一口飲んだとたん。

「ふぉぉぉぉ」

その甘さがたいそう気に入ったらしく、喜んでカップを抱え直しだした。

「あまぁい！　ひとりでのむ！」

「そう？」

火竜なのでやけどを心配する必要もない。

汚すのはもう仕方ないと割り切って、シェイラは手を放す。

（……？）

なんとなく隣のソファに腰かけるソウマを見ると、彼の手の中のカップの中身が減っていないことに気が付いた。

「ソウマ様？」

よく見るとどこかぼんやりした表情をしていて、鮮やかな赤い瞳に影が落ちている。

シェイラはそんな彼の様子に眉を寄せた。

（ただ乗っていただけの私でも疲れているのだもの。今日一日ずっと守りの術を行使して、空を飛んでいたソウマ様がくたくたになっているのは当たり前だわ）

反対にココの方は元気な様子でレイヴェルとおしゃべりをしている。

よほどマシュマロ入りのココアが気に入ったみたいで、お代わりをねだっていた。

この元気さは、ソウマの上で呑気にたっぷりお昼寝をしていたからだろう。

シェイラは心配になって彼のかたわらによって、窺うように見上げた。

やっぱり顔も普段より血色が悪いみたいで、そっとソウマの服の袖を引いて話しかける。

「すみません、気が付かなくて。疲れているに決まっているのに……」

「あー……いや、別にシェイラのせいじゃ……。さすがに国の端っこまで一日で来るのは強行軍《きょうこうぐん》だったかなー」

　そう言いながらもソウマはあくびをかみ殺している。

　彼が滲んだ目元を指でぬぐったところで、レイヴェルがぱちんと両手を鳴らした。

「あらあら。こんな山の中まで来てくれたのだもの、みんな疲れていて当然だわ。どのお部屋も眠るのに困らない程度には掃除してありますから、好きな部屋でゆっくりお眠りなさい。あぁ、先に何か摘まむものを用意しましょうか？　おなかも空いているでしょうからね」

「えぇー。ココはげんきだよ？」

「ではココは私と一緒に遊んでいましょうか」

「うん！」

　まだ日が落ち切っていない夕方だけれど、身体の疲れには勝てそうもない。

　とりわけソウマは今にも眠りに落ちそうで、急いで横にならせた方がよさそうだった。

　なにより男手《おとこで》のないこの場だと、倒れでもしたら大きな体のソウマをベッドに運ぶことが出来ない。

　そしてシェイラも、ソウマほどでは無いにしても全身のだるさは確かにあって、早めに休まないと本当に体調を崩してしまいかねない。

　ココが思いのほかレイヴェルに懐いているからと安心して任せ、シェイラとソウマは二階の部屋を借りて休むことにした。

深い眠りの中からシェイラを目覚めさせたのは、遠くに聞こえるココの楽しそうな笑い声。

「……ん。ココ？」

身を起こして、ベッドの上から慣れない部屋の中を見渡したけれど、ココの姿はなかった。

笑い声を辿っていくと、カーテンに遮られた窓の向こうからそれが聞こえてきていることに気付く。

カーテンを開けると、白い雪に反射した眩しいくらいの朝日。

シェイラは思わず目の上に手をあてて、窓越しに外を眺めた。

シェイラが借りている部屋は二階で、地上の様子がよく見える。

「元気ね」

コートをはおって白いマフラーを巻き、ユーラの編んだ帽子とメルダの編んだ手袋までつけた全体的にもこもこしたココを見つけた。

すぐそばにはシェイラの祖母であるレイヴェルが立っていて、どうやら今日も朝からココの面倒を見てくれているらしい。

「さすがにずっと任せっぱなしは悪いわ」

親代わりとしてココのそばにいると決めた身としては、任せてしまって申しわけないと思う。

「でも、凄く楽しそうなのよね」

同時に、ココがシェイラ無しでも楽しそうにしている所を見てほんの少しだけ複雑だった。

城では侍女や衛兵、アウラットやクリスティーネといった沢山の人がココを見てくれていたけれど、それでも事あるごとにシェイラの姿を探してぐずっていたと聞く。

なのに、昨日の夕方からずっと任せっぱなしの状態でも、ココは何の不安も感じずにレイヴェルと一緒に楽しそうで。

「お祖母様は子供をあやすのがお上手なのかしら……。早く着替えてしまいましょう」

ぎゅっと抱きしめたあとの大好きの言葉が欲しくて、シェイラは急いで夜着《よぎ》を着替えることにした。


朝の身支度を済ませて階段を降りようとしたシェイラは、ソウマのことを思い出して足を止める。

「やっぱりお疲れよね」

ソウマはシェイラの隣の部屋を借りたはずだ。

今のいままで物音ひとつ聞こえなかったから、きっとまだ寝ているのだろう。

ソウマの部屋の扉を見て、眉間にしわを寄せてしばらく悩んだままその場に突っ立ってしまう。

（ゆっくり寝ていたいでしょうし、きっと迷惑……）

そう心の中で思いながらも、気が付けば扉の前まで動いて来てしまっていた。

我慢の利《き》かない自分が恥ずかしくて、シェイラはその場で一人、顔を赤らめる。

「………」

指の甲でそっと……ほんの小さな音のノックをしてみた。

「……でない」

何度か躊躇《ちゅうちょ》したけれど、結局心配で、シェイラはゆっくりとドアノブを回して戸を開けた。

隙間から顔だけ入れて覗き込む。

それほど広い部屋でないから、ベッドに眠るソウマの姿は簡単に確認出来た。

カーテンも開けていないために暗くて顔まではよく見えなかったけれど。

「普通に眠ってらっしゃるわ」

シェイラはほっと安堵の息を吐く。

ソウマの大きな体では、普通のシングルサイズのベッドだと少し窮屈のようにも見えたけれど、とりあえずは呼吸も一定で、深く眠っているようだった。

慎重に音をたてないようにゆっくりと戸を閉め直したシェイラはもう一度息を吐いて、呟いた。

「良かった。空を飛ぶのにどれだけ疲れるのかがいまいち把握出来ていないから、身体を壊されていたらどうしようかと思ったわ」

それに昨日は本当に顔色が悪かった。

(だからと言って勝手に部屋を覗いていいわけではないのに……)

安心すると同時にマナー違反をしてしまった後悔もしながら、シェイラは一段一段階段を降りていった。


「あ、しぇーら!」

「ココ、おはよう。早いのね」

玄関から一歩出たシェイラを見つけるなり、ココは表情を輝かせて寄って来た。

白い息を吐きながらかがんだシェイラの胸に飛び込んできたココを、シェイラはきゅっと抱きしめる。

小さな身体を抱きしめたまま、そばにいるレイヴェルを見上げた。

「おはようございます、お祖母様」

「おはよう、シェイラ。もっとゆっくりしていても良かったのに。疲れはとれたかしら？」

「ぐっすり眠らせていただけたので大丈夫です。ココをお任せしてしまってすみません」

「いいえ。メルダのこれくらいの頃を思い出して、とっても楽しかったわ」

「お母様の？」

母の名を優しく呼ぶ声を聞けば、やっぱり彼女は自分の祖母なのだと実感する。

おっとりぼんやりした感じのどこか浮世離れした雰囲気のメルダより、レイヴェルは明るい雰囲気の人。

「お母様の子供の頃の話って、あまり聞いたことがないです。どんな子供だったのですか？」

シェイラがそう尋ねている間に、ココは身をよじって腕の中から逃げ出してしまった。

どうやら遊び足りないみたいで、とび跳ねながら雪のかたまりへ突進していく。

見守りつつもまげていた膝を伸ばして、祖母と同じ視線の高さで対話する。

祖母レイヴェルは、昔を懐かしむかのような遠い目をして優しく微笑んでいた。

「メルダはねぇ、大人しい子だったわ。この辺りは他に家が無いでしょう？　だからいつも独り遊びをしていて、寂しい子供時代を過ごさせてしまったかもしれないわね。でも器用だったから、冬には必ず雪でどうぶつの形なんかを作って遊んでいたのよ」

それは想像が出来る。

今でも母メルダは、夜会や茶会など人前に出ることはあまり好きではないみたいで、家の中で編み物や刺繍ばかりしているから。

「でもあっと言う間に大きくなって、彼女が十四歳になってすぐの頃に、たまたま隣国からネイファへ帰る途中だったあなたのお父様が我が家へ一泊することになったの。たった一晩で何があったのか、そのままストヴェールについていってしまった」

「お母様がそんなことを？」

「驚いたわ。まぁ根が頑固な子だから止めても無駄だったでしょうし、幸せになりなさいって言って見送ったわ。主人は随分《ずいぶん》複雑そうだったけれどね……でもこんな所に住んでいれば、次のご縁があるかどうかわからないもの」

「…………」

そんなに即決で結婚したなんて、おっとりとした性格の母からは想像もつかない。

レイヴェルは目じりの皺を深くして、シェイラの顔を優しく覗き込む。

そしてゆっくりと伸ばした手で、シェイラの手にそっとふれた。

懐かしむように、いつくしむような表情で。

「あなたのような娘がいるのですもの、きっと幸せな結婚が出来たのね」

「お祖母様……」

会ったばかりでお互いにどこか遠慮のあったシェイラとレイヴェルとの距離が、あっと言う間に近づいた。

レイヴェルと向かい合い微笑みあっていると、コートの裾を引かれてシェイラは足元を見る。

いつのまにか戻っていたココが、手のひらに小さな雪の玉を二つのせていた。

炭の欠片《かけら》を埋めて目にみたてた、どこかとぼけた顔の雪だるまだった。

「みてみて、しぇーら！　ゆきだゆまつくったのー」

「とっても上手ね」

帽子の上から頭をなでるとココは「えへへ」とはにかんで笑った。

（火竜って寒さに弱いはずなのに。子供の好奇心は寒さにも勝《まさ》るらしいわ）

赤くなったふくふくの頰を、家から出たばかりでまだ冷えていない温かい手で挟む。

ひやりとした感覚から、きっと夢中で長いこと遊んでいたのだろう。

ココは頰をペタリとシェイラの手につけてすりよってきた。

「あったかぁい」

「ココは冷たいわ。そろそろお家の中へ入りましょう？」

「んんー……」

これ以上に身体を冷やすと風邪をひかせるかもしれないと、シェイラは家の中に誘った。

けれどココは少し悩むようなそぶりを見せてから、思いっきり首を横へ振る。

「もうちょっとあそぶの」

「……もうちょっと？　どれくらい？」

「えーっと、あ！　だるま！　ゆきだゆまもう一こつくる！」

「うーん……」

「おねがーいっ」

シェイラは片手を腰に当てて、もう片方の手は顔の前で人差し指をたてる。

ついでに怖い顔を作って厳しい声で言い聞かせた。

「本当にもうひとつだけよ？　約束ね」

「うんっ。やくそく！」

そう言ってココは、雪を集めるためにまた駆けていく。

結局もう一つ雪だるまを作ってもココは「もう一つ、もう一つ」と駄々をこねたから、シェイラは少し叱って抱きかかえて家の中へ連れ帰ることになった。

玄関の扉を開けながら、レイヴェルはふと思い出したようにシェイラを振り返る。

「そう言えば、竜に乗ってくるくらいだから何か用があって来たのよね」

「あ……はい。お母様とお父様が、お祖母様に会いに行けと」

「私に？　どうして」

レイヴェルは心底不思議そうに首をかしげて見せる。

「これからも竜の傍にいたいなら、そうしなさいということなのですが……」

シェイラは家でかわした父と母との会話のことを、ココのコートを脱がせながら説明する。

レイヴェルは何度か頷きながら、それを聞いてくれた。

「マフラーも帽子も雪だらけね、ココ」

「つめたー」

「しっかり暖まらないと風邪をひくわ。暖炉のある室で朝食にしましょう」

「ココの脱いだものも暖炉で乾かさせて貰っていいですか?」

「えぇ、もちろん。……それと」

レイヴェルはさっきまでの穏やかな表情を一変させて、ひどく困ったような顔をして言った。

「あなたの話を聞く限り、私はとても大切な話をしなければならないみたいね、シェイラ」

「え……?」

レイヴェルは頬に手を当ててため息をついた。

「メルダったら、まさか私に丸投げなんて。まぁ説明するより実際に見た方が良いってのは分かるけれど」

「お祖母様?」

意味が分からず首をかしげるシェイラが口をひらこうとした時。

ふいに階段を踏む音が聞こえてきて、見るとソウマがはねた赤い髪を撫でつけながらおりてくるところだった。

一階におりる数段手前で、彼はシェイラ達の存在に気が付いて顔を上げる。

「おはよ。外に行っていたのか?　寒いのに元気だなぁ」

「そーまだー!」

ココが歓声を上げてソウマへと飛びついた。

「おはようございます。もう平気ですか?」

「おう。元気元気。一晩寝れば大丈夫って言っただろう」

そう言って歯を見せてにっと笑うソウマは、本当にいつもどおりの様子で顔色も良いし疲れている様子もない。

結構な勢いで飛びついたココのことも、あっさりと受け止めている。

シェイラもその様子に安堵したところで、レイヴェルがぱちんと両手を合わせてその場にいたみんなの注目を集めた。

「それじゃあ皆で朝食をいただいて。それから地下へ行きましょうか」

「『地下？』」

シェイラとソウマの声がかぶさる。

「地下になにかあるのか？」

ソウマがココを抱き上げながらたずねてきた。

やって来たばかりで事態が呑み込めていないのだから当然だろう。

シェイラだっていまいちレイヴェルが何をしたいのかを理解できないでいるのに。

レイヴェルは人差し指を唇へとあてて、どうしてか凄く楽しそうに周りを見回した。

「我が家のひみつ、かしら」


朝食を終えたころ、レイヴェルが火を灯《とも》したオイルランプを用意した。

「さぁ、行きましょう」

その呼びかけにシェイラ達はレイヴェルの後に続いて館の中を歩いていく。

しばらくして彼女は一階の、ひとつの扉の前で足をとめた。

隣にある扉とも、そのまた隣にある扉とも同じに見える、なんの代わり映《ば》えもない普通の木扉だ。鍵さえかかっていなかったらしく、鈍い金色をしたドアノブを回せば少しのきしみ音を出しながらも簡単にそれは開いた。

「あっ」

レイヴェルの手にしたランプの火に照らされた扉の中を覗いたシェイラ達は、そろって小さな声を上げた。

そこには地下へと続く古い石畳《いしだたみ》の階段があった。

灯りの届かない奥の方はまったくの暗闇。

この先に何があるのか。ぜんぜん見当さえつかなかった。

下から湿り気を帯びた緩やかな風が吹いているのを肌で感じたシェイラは、思わずレイヴェルを振り返る。

「お祖母様、この階段は……」

「降りてみればわかるわ」

どうやら言葉で教えてくれるつもりはないらしい。

とにかくもう先へ進むしか選択肢がないようなので、ソウマがレイヴェルからランプを受け取って先頭を歩くことになった。

シェイラもソウマに続いて階段に足を掛けようとしたとき、小さな手がドレスの裾を引く。

見下ろすとどうしてか泣きそうなココが足に縋《すが》りついていた。

「ココ？」

「うー。くらいのやー」

首を大きく横へ振って、ココは全力で先に行くのを拒否している。

シェイラでもちょっと不気味だなと思うくらいなのだから、小さなココが脅えてしまうのも当たり前だった。

困っているところへ、先へ進んでいたはずのソウマがいつの間にか戻ってきてシェイラの足元にしゃがみ込む。

ココの頭を乱雑になでながら、まるでからかうような口調で笑いだす。

「なに、怖がってんの？　弱虫だなーココは」

「よ、よわむしじゃなぁーい！」

反射的にココが叫ぶ。

（一応男の子だものね）

ソウマに言われた台詞が、雄としての矜持《きょうじ》に障ったらしい。

頬を赤くして膨らませて、眉を吊り上げて怒っていた。

つい数秒前まで泣きそうな顔をしていたのがウソみたいに、ぷりぷりとソウマに突っかかっていく。

「じゃあ暗いのなんてぜーんぜん平気だよな？　それともまさか怖いからシェイラにだっこしてもらおうなんて赤ん坊みたいなこと言いだしたりするのか？」

ソウマはさらにココの怒りを買うようなことを言いながら、ココのおでこを指ではじいて遊んでまでいる。

ますます怒りに打ち震えて、ぷるぷると身をこわばらせて怒るココは、掴んでいたシェイラのドレスから手を放す。

そして胸を思いっきりはって、両手を腰にあてて宣言してくれた。

「これくらいぜんぜんへーきだもん！」

「おー。そっかそっか、じゃあしっかりついて来いよ」

「うん！」

鼻息荒く大きく頷くココ。

(見事だわ、ソウマ様……！)

シェイラは呆けて口を開けたまま、ソウマに賞賛の視線を送った。

ココを奮《ふる》い立たせる方法を、彼はずいぶんよく知っているらしい。

「さぁ、もう大丈夫ね。では行きましょうか」

レイヴェルの声をきっかけに、先頭にソウマ、続いてココ、シェイラ、レイヴェルが暗い地下への階段を下りていくのだった。


――――館の扉から続く階段は、ずいぶん深くまで続いていた。

時計を持ってこなかったから確かではないけれど、たぶん三十分くらいは歩いている。

途中で階段が途切れて平坦な道になったり、分かれ道があったりもした。

レイヴェルはずいぶんここに慣れているみたいで、迷うそぶりはまったくなく、一番後ろからソウマに道を指示している。

（お祖母様、けっこうなお年なのに……すごい）

レイヴェルは腰だっていくらか曲がっていて、どこからどう見ても弱々しい老人だ。

なのに朝早くからココと雪遊びをしたあと、こんな地下をひたすら歩いているのに疲れているそぶり一つ見えない。

この様子だともしかするとシェイラ以上に体力があるのかも知れない。

そろそろ息が荒くなってきたシェイラは、平然とすぐうしろを歩いているレイヴェルに感心した。

歩き疲れたうえ飽きたらしいココは、もうすでにソウマの背中の上でお昼寝中だ。

レイヴェルはこの深い山の中での一人暮らしだ。

力仕事も当然一人でしているのだとしたら、これくらいでないとやっていけないのかも知れない。

「さぁ、そこを曲がれば到着よ」

レイヴェルが指した曲がり角を曲がったシェイラたちは、そこに広がっている光景にしばらく呆然とたちすくんだ。

❈　❈　❈　❈

「これは……？」

ソウマの呟きが反射して何重にもなって響く。

素のままの岩がむき出しの天井と壁で出来た、広い、とても広い空間だった。

「教会……ではなく、神殿……？」

自然にできた洞窟《どうくつ》のようにも見えるけれど、ドーム型の天井は明らかに何者かによって造られた造形物。

なにかの術か技術がつかわれているのか、その天井は淡く白い光を放っていてまるで爽《さわ》やかな朝のような柔らかな明るさで満たされていた。

そしてなによりも目を引いたのは、大きな……それはそれは大きな竜の像。

白い大理石のような素材で彫られた竜の像が、その空間の中にこつぜんと立っていた。

両翼《りょうよく》を広げ天を仰ぎ、今にも空へと飛び立ちそうな躍動感のある像だ。

「実物の成竜より一回り近く大きいですよね」

「あぁ」

シェイラが言うと、ソウマもうなずいた。

ソウマが竜の姿になったときよりまだずいぶん大きいのだ。

ふと下を見ると、像の立っている台座を囲むように何か複雑な円陣が描かれていた。

(どこかで似たようなものを見たような気が……)

「それはね、始祖竜の像なのよ。大きさも始祖竜ならこれくらいまでは成長するものらしいわ」

口を開いたレイヴェルを、シェイラたちは振り返った。

そしてすぐにソウマの背中ですやすやと眠っているココを見る。

「ココも将来こんなに大きくなるのでしょうか」

「ええ。きっと、とても立派に成長するのでしょうね」

今の小さな、シェイラでも抱えられる大きさからは考えられないくらいの大きさだ。

これだけの大きさと迫力を見せつけられてしまえば、現在の竜たちより強大な力をもっていると
いうのにも、あっさりと納得できてしまった。

そしてよく思い出してみれば、台座の下に刻まれた円陣と文字は、ココが力を暴走させたときに
現れたものとそっくりだった。

「……？　何故ココが始祖竜だと？」

ソウマの指摘に、シェイラははっとする。

ココが始祖竜であることまでは、レイヴェルに話していなかった。

「あら。ついうっかり」

悪びれもせず、にこにこと微笑んだままのレイヴェルに、シェイラとソウマは眉を寄せた。

（お祖母様は一体何者なの？）

彼女はどうしてこんなところを知っているのか。

どうして、そんなにもあっさりとココの正体を見破ってしまうのか。

「お祖母様。ここは一体……」

「ここは昔、竜たちの集う場所だったの。私はずっと長い間、この場所を護り続けてきたわ」

「竜、たちが？」

「……確かにここなら竜が何十匹でも入れるだろうけど……どういう事だ？」

焦れたらしいソウマが、少し口調を厳しくして問う。

シェイラもうさすがに限界だった。

レイヴェルは何もかも知っているようでありながら、ずっとはぐらかして微笑むばかり。

これ以上は誤魔化させないとばかりに、シェイラも真剣にレイヴェルを見据えた。

「お祖母様……」

そう、シェイラが呼んだ直後に。

無垢な白い雪のようなものが、宙を舞った。


「これが、私が本当にいつもしている人型よ。シェイラたちが来た時に、不自然じゃないように年をとって見せていたのだけど、慣れないから大変だったわ」

突然レイヴェルの髪がほどけて、肩からさらりと落ちた。

一瞬雪かと思ってしまうほどに、それはあまりにも綺麗な白。

いくらか曲がっていた背筋が真っ直ぐに伸び、弱々しかった立ち姿が生命力あふれた力強いものに変化している。

さっきまであった年相応の皺や、老人らしい物腰がみるみる失われ、若々しく美しい女性が現れた。

顔のつくり自体は見慣れた祖母のものだから、彼女の周りだけ時が数十年戻ったのかと疑ってしまいそうになる。

（何が、起こっているの……）

混乱して口を閉じたり開いたりするシェイラ。

しかし傍らにいるソウマは、シェイラよりも多少は正気をたもてているようで、驚きながらもぽつりと呟きを漏らした。

「白竜……？　いや、さっきまで竜の気配なんて一切感じなかったのに……」

「ソウマ様？」

シェイラは思わず彼を見上げた。

彼の言葉が、信じられなかった。

しかしレイヴェルは白い容姿の中で唯一、鮮やかな色を放つ赤い唇に弧を描いて、緩やかに微笑する。

「気配を消すくらいなんでもないわ。年と経験のたまものかしらね」

「っ……お祖母様⁉」

ばさりと、音を立てて彼女の背中から現れたのは白銀色の艶を放つ鱗に覆われた竜の翼。

シェイラが驚く間もくれずに、レイヴェルの身体は大きくなって変わっていく。

皮膚から鱗がはえて、耳は乳白色のツノへと。

薄青色の瞳にはいつのまにか縦に瞳孔がはいり、竜独特の目となっていた。


それは白い、――――竜。

「ま、待ってくださいおばあさま……」

全然、シェイラは事態についていけない。

混乱しすぎて半ば泣きそうになりながら、目の前の大きな白竜を見上げる。

どうにか紡《つむ》いだ声が、震えた。

「これは、つまりお祖母様が」

『ええ。シェイラ。私は人ではないわ。この世に存在する最後の純血の白竜よ』

「そん、な」

頭の中に祖母レイヴェルの声が響く。

いままでの少し枯れた老人っぽさの全くなくなった彼女の声は、神秘的な響きさえもっていた。

数百年も前に絶滅したはずの、全ての種の竜を導く役目をになう白き竜。

それが祖母レイヴェルの正体。

この白く美しい、艶やかな鱗に覆われた壮大な姿を見せられれば、彼女は白竜なのだともう疑いようもない。

「待って、待ってください……何、これ…」

シェイラは混乱しすぎて頭を抱えたくなる。

あまりのことに足が震え、立っているのがやっとの状態だった。

目の前で竜へと変わる姿を見たのだから、もう納得するしかないと分かっていた。

それでもこんなことはまったく予想をしていなくて、気持ちがどうしてもついていかなかった。

「……何てことだ。純血の白竜がまだ存在していたなんて」

ソウマの呆けたようにも感動したようにも聞こえる声が、洞窟の中にもシェイラの頭の中にもわんわんと響きわたるのだった。

数百年も前に絶滅したはずの、白竜が存在していた。

この事実だけでもありえないことなのに。

「……お母様は、間違いなくお祖母様の血を引いているのですよね」

混乱した思考の中で、まず一番に疑問に思ったのはこれだった。

白竜の姿をしたレイヴェルは、薄青色の目を細めてその大きな体をシェイラの方へと向ける。

『ええ。間違いなく、メルダは私が産んだ子よ』

「そっ、それなら！　お母様は？　お母様も竜なの？」

『いいえ』

レイヴェルがゆっくりと一度首を振った。

『あの子は人の血を半分もち、そして早くから人と共に生きることを選んで以降、一切竜と関わることを辞めたから竜としての力は持っていないわ。でもシェイラ、あなたは竜と共に生きることを選ぼうとしているから』

「っ……ええ。ココの傍にいたいと思っているわ」

シェイラは頷いて、ソウマの背で眠っているココをちらりと振り返る。

ココの傍にいるために、自分はこのセブランへ来た。

父グレイスと母メルダがシェイラに伝えたかったことは、今の状況からしてもこの白竜についての話なのだろう。

『シェイラ。そうして竜の傍にいて、竜と共に生きることをずっと続けていれば、彼らの気に引っ張られてあなたの中にある竜の血が目覚めてしまうわ』

「竜の、血？」

ぞくりと背筋から悪寒が這い上がった。

自分の身体の中に、竜の血が入っているなんて想像さえしたことも無かった。

シェイラは無意識に自分で自分を抱きしめるふうにきゅっと腕に力を入れた。

レイヴェルはゆっくりと頭《かぶり》をふってシェイラを見つめる。鋭い竜の瞳で。

『このままでは、あなたは人ではなくなってしまう』

「そ、んな……そんなの、有り得ないわ……！」

シェイラの声が、洞窟の中に響く。

「シェイラ……？」

どちらかと言えば大人しい性格であるシェイラが大きな声をだしたことに、ソウマは目を見開いていた。

……たとえ祖母が白竜であったとしても。

シェイラがいままで生きてきた十五年の中で、自分が人間でないと感じることなんてただの一度だってなかった。

ココやソウマと接し始めて数か月たつけれど、身体に変わったところなんて一切ない。

このままでは人ではなくなってしまうなんて言われても、どうやったって信じられなかった。

『竜はあなたに優しいでしょう？』

「……？」

泣きそうになっている顔を上げてみると、レイヴェルが慈愛に満ちた優しい表情で笑ったように見えた。

その達観した表情にまた、人間とは違う生き物なのだと知らしめられる。

『全ての竜は白竜にどうしようもなく惹かれてしまうものなのよ。シェイラくらいの年ごろの人間は、一番不安定で揺れ動く。まだ血が目覚めていなくても、揺らぎから漏れ出ているわ』

人間の女性が子供から大人へと変わる、一番著《いちじる》しい変化のある時期にシェイラはいる。

その激しい変化の中で眠っている血の力が揺らぎ、ほんの少しだけど周囲の竜たちに影響を与えてしまっていた。

「つっ……。つまりそれは……竜のみんなが優しいのは、白竜の血のおかげだっていうことですか？　お祖母様」

『白竜は全ての竜を導く立場にある存在。簡単に言えば竜のまとめ役ね。火竜や風竜は特に我が強いから、誰かが抑えないとどうにもならなくて。だから自然と彼らは白竜を敬愛する。太古の時代、始祖竜が生まれたときからそういうものなの』

「そん、な…………」

思い当たることが無いとはとても言えなかった。

口をきゅっと噤《つぐ》む。胸が痛くて、これ以上なにか言われれば本当に泣いてしまいそうだ。

（どうして竜が、私にやさしくしてくれるのか。慕ってくれるのか）

偶然だと、思いたかった。

皆はシェイラ自身を見て、その上で親しくしてくれているのだと信じたかった。

何の得手《えて》もないシェイラを、好き嫌いが激しいはずの竜たちがそろって気に入ってくれている今。

王子の契約竜となるほどのソウマが、どうしてセブランへの旅にまで付き合ってくれたのか。

移ろいやすく他人に興味を示さない性質を持つ水竜のクリスティーネが、どうしてシェイラを目に留めてくれたのか。

口が悪く気分屋な風竜のカザトが、どうして初対面だったシェイラに胸の内を聞かせてくれたのか。

（……ココも？　白竜の血に惹かれたから、卵が私のもとに現れたの……？）

そう言えば、ココはずいぶんレイヴェルになついている。

竜たちは導き手である白き竜に親愛を抱く。

全ての種の竜が白竜のもとで統率をとっていたから、古代のもっと多くの種の竜がいた時代にも大きな諍《いさか》いは無かったと聞いた。

ざわざわとなる胸の嫌な音が鳴り止まない。

「……私自身を好いてくれたのではなく、みんな白竜の血に惹かれただけということ……？　だから優しくしてくれたの？」

「シェイラ、俺たちは……」

ソウマが何か言い募ろうとしたけれど、シェイラはそれを拒否した。

聞こえないように耳を塞いで、頭をふる。

心の伴わない友好。

それはなんと空虚な関係だろう。

シェイラはかすれた声でレイヴェルへと尋ねた。

「……お父様が、私と竜を近づけたくないのも、その血のせい……？」

レイヴェルは背中の翼をゆらりと揺らしながら、目を細めた。

『寝食を共にするほどに竜と共にあれば、純血の竜たちの気に引っ張られて人の枠《わく》を超えた力を得てしまうことは絶対にさけられないもの。きっとグレイスはシェイラが人でなくなってしまうのではと怖れているのね。そうなってほしくないのね』

「お父様はお母様が人と生きることを選んだように、私にも人として生きてほしいのですね」

父が望もうが望むまいが、シェイラは生まれたころから人間だ。

竜に憧れて、竜のように翼を生やして空を飛びたいと想像したことこそあれど、それが現実になるだなんて思ったことはなかった。

このままココやソウマと王城にいたならば、シェイラは間違いなく人の枠を外れてしまう。

（っ……）

寒気がした。

自分の皮膚からみっちりと鱗が生えてくるところを想像して、吐き気さえ覚えた。

あんなにきれいだと思っていた竜の鱗なのに。

自身にそれが付くのだと思えば、とてつもなく気持ち悪くなってしまう自分を、また嫌悪する。

自分が自分で無くなってしまうかも知れないという恐怖。

人であることを捨てるなんて、絶対に出来るはずがない。

「……シェイラ」

ソウマが心配そうな声でシェイラの名を呼ぶけれど、どう応えていいか分からなかった。

口を開けば泣いてしまいそうで、きゅっと唇をつぐむ。

そっと、シェイラの頭を優しい手が撫でた。

見なくたって分かる。大きくて優しくて、少しだけ乱暴な彼の手を、間違えるはずがない。

その暖かさに胸がつきんと痛んだ。

人として、今までどおりのごく普通の人生を生きていきたいと願うなら、この彼の手も離さなければならない。

いつの間にか触れられることが嬉しくなってしまった、この手を。

(そんなの、嫌。でも――――、怖いっ‼)

「そろそろ家の中へ戻りましょうか。ゆっくりと考えなさい。あなたがこの先の人生をどうしたいのかを」

そうして聞こえた祖母の声は耳から聞こえる普通のもので。

シェイラがのろのろと顔をあげると、もうすでに見慣れた年相応の老人の姿の彼女がそこにいた。

「……………はい」

❖　❖　❖　❖

「どうしてあんな言い方をしたんだ？」

館に戻ってすぐ、シェイラは一人になりたいと自室へ籠ってしまった。

ソウマは彼女を見送ったあとソファに寝かせたココにブランケットをかけて、そのまま談話室でレイヴェルと対峙《たいじ》していた。

腕を組んで壁にもたれると、不機嫌な顔を隠さないままで相変わらず微笑を湛えているレイヴェルを睨みつける。

「もっと違う言い方があったはずだろう。あんなふうに追い詰めるような説明の仕方では無くても良かった」

レイヴェルのやり方は、人でなくなってしまうことの恐怖をあおるものだった。

このままでは全く違う生き物になってしまうと追い打ちさえかけて。

たとえ同じ内容を話すにしても、もっと柔らかな話し方もあったはずだ。

まるでわざとシェイラが不安に駆られるようにしたレイヴェルに、ソウマは憤っていた。

レイヴェルは見るからに怒っているソウマに対して、薄く笑みを作る。

……老人の姿をしているのに。

正体を知ってしまった今はもう彼女を弱々しい老人として扱う必要もなかった。

きっとレイヴェルがその気になれば、力を使ってソウマを魅了し意のままにすることさえ出来てしまうのだろう。

白竜はそういう存在だ。多種の竜を使って悪にも善にも世界を動かすことの出来る、強大な竜。

竜達は白き竜に憧れ、崇敬せずにはいられない。

「そうね。少し意地悪だったかも知れないわ」

レイヴェルは少し曲がった腰をソファへ下ろし、暖かな火の跳ねる暖炉の明かりをその薄青色の目に映す。

「本当を言うとね、……羨ましいのよ。あの子は選ぶことが出来るから」

「⋯⋯？」

「私はどれだけ人になりたいと願っても出来ないもの。愛した人はもうとうに天にめされたけれど、旅立つことは出来ないの。全部納得して、人と添い遂げることを選んで、もちろん後悔もないけれど、でもやっぱり少し複雑なのよねぇ」

「あぁ⋯⋯」

竜は一度本気で愛した者を生涯愛し続ける。

人と違い、その感情が移ろうことはめったになかった。

むしろ『恋をする』こと自体がめったにないことで、うっかりその感情に取りつかれたものは生涯抜け出すことが出来なくなる。

だからなおさら『恋』を恐れ、つがいをそういう感情のもとで見つけようとはしない生き物なのだ。

　――人間と恋をしてしまったら、最後は必ずと言ってよいほど遺されてしまう。

彼女も他の人間に恋をした竜と同じように、もう会うことの出来ない相手に恋焦がれて残りの人生を独りで過ごさなければならないのだ。

たとえすべてを覚悟して選んだ道だとしても。

いざ一人になると、これで良かったのかと後悔する者も多かった。

その痛みを想像してしまうと、彼女のとった態度にも理解出来てしまうから、ソウマは苦い思いでため息をつくと瞼をわずかに伏せた。

鮮やかな赤い瞳に、憂いた影が落ちる。

「……シェイラは人であることを選ぶんだろうか」

もしかすると王都に帰るなり、荷物をまとめて家へ帰ってしまうのかもしれない。

あの脅えようを見ると、むしろその可能性の方が高いだろう。

彼女のいない王城を想像して、ぎゅっと、胸が締め付けられた。

「………嫌だな」

無意識に呟いてしまう。

その呟きを耳ざとく拾ったらしいレイヴェルは、少し驚いたように目を瞬かせて暖炉からソウマへと視線を移してきた。

「あら、そんなに孫を気に入ってくれているのね」

「まぁ……気に入ってはいますよ」

「そう…そう……。そうなのね」

ソウマの誤魔化しを含んだ言葉の裏を敏感に感じ取ったらしいレイヴェルは、目じりを下げて優しく笑う。

二階のシェイラの居る部屋の方を見て、囁くように言った。

「だったらことさら分からなくなったわね。あの子が人と竜、どちらを取るのか」

「………」

❖　❖　❖　❖

シェイラは閉じこもった部屋の隅、床の上で膝を抱えて小さくなる。

落ち込んだ時や不安な時、彼女はいつも一人で物陰に隠れてうずくまる。

うじうじとした性格は、やはりいつまでたっても変わらない。

抱え込んだ頭に添えた手に力を入れると、リボンがほどけて白銀の髪がさらりと落ちる。

頬にかかったそれを見て、この色が白竜を示すものなのだと、理解した。

（北の地方の民族の血を引いているから珍しい色をしているのではなくて、白竜の色だったのね）

髪を一束引いてみると、当たり前に痛くて。

思わず視界が滲んでしまう。

（どうして私みたいな、なんの変哲もない……ううん。むしろ駄目な人間を、好いてくれていたのか、考えるべきだった）

大好きな竜のそばに居られる幸せに、何の疑問もなく浸っていたことが恥ずかしい。

他人が惹かれるような華やかな容姿も無くって、誰かに自慢できる特技や、誰からも好かれるような明るい性格でもないのに。

そんな駄目すぎる自分が、竜のような凄い生き物に好かれたことを、もっと疑問に思うべきだった。

なによりも。

「わ、私。気持ち悪いって、思った……」

泣きそうな声とともにこぼれたのは、――――懺悔《ざんげ》。

大好きで大好きで仕方がない、眩しい程に美しい存在に見えていた竜。

なのにいざ自分がそうなるのだと聞かされたら。

気持ち悪いと、嫌悪した。

そう思ったことが、ひどくココやソウマを裏切っている風に感じた。

「私、ココのお母様なのにっ……こんなこと、考えるなんて。っ、ご、ごめんなさい」

シェイラは恥ずかしさと恐怖と混乱で、もう消えてしまいたくて。

それなのに暗い部屋の隅で、小さく小さくなることしか出来ない自分がまた歯がゆくて。

どうして良いのかが、もう分からなくて。

「っ……ソウマ、様」

不安の中、気が付けば呟いていたその名前に、はっと息をつめた後、唇を震わせる。

顔をふせて膝と膝の間に声をもらす。

「ほんと、馬鹿だわ……」

こんなことを考えた自分が、竜である彼に助けて、なんて。言っていいはずがないのに。

❖ ❖ ❖ ❖

一人で部屋に閉じこもってしまったシェイラは、夜になっても出てこなかった。

ソウマはシェイラの借りている部屋の戸を手の甲で軽く二度ノックする。

数秒待っても何の返事もないことに、ため息を吐いた。

(このまま籠城《ろうじょう》するつもりか?)

放っておくのは良くないと判断して、鈍い金色のドアノブを遠慮なく回した。

もう片方の手には、夕食の並んだトレイが載っている。

押した戸は簡単に開き、鍵を掛けられていなかったことにソウマは安堵する。

施錠《せじょう》するという考えさえ浮かばないほど、混乱しているだけなのだろうが。


「おーい、シェイラ?」

室内を覗き込んでみると、もう日も落ちているのに明りは灯されていない。

部屋はかなり薄暗かった。

ソウマは室内にいるだろう少女を探してぐるりと見回す。

部屋の角、隅の隅の隅っこで膝を抱えてうずくまっていた。

「あ」

あれから解《ほど》いたのか、いつもきれいに纏められている彼女の白銀の髪は下ろされていて、肩から流れ落ちている。

(なんと言う分かりやすい落ち込み方なんだ……)

ソウマは手を触れるでもなく火を操って室内にあるランプに火を灯した。

とつぜんの明りに驚いたのか、シェイラの肩が僅かに揺れる。

まずはベッドの横にある物書きをするためのデスクに夕食のトレイをおいて、それからシェイラの傍らへと立つ。

じっと見下ろすと、その気配にシェイラは身じろぎする。

しかし膝の上で握った手をきゅっと締めて決して顔をあげない。

ソウマは軽く息を吐いてから、自分の赤い髪をかき上げながら口を開いた。

「シェイラ、夕飯持ってきたから、食べな。俺たちと違って人間は食事と睡眠さぼるとすぐ体調くずすんだから。結局朝食の後から何も食べていないだろう？」

「っ………」

かたくななな様子に、ソウマはまた一つ息をはく。

シェイラの傍らに膝をついて、流れるままになっている白銀の髪を優しく撫でた。

（人間の女の子はどうしてこんなに傷付きやすくもろいんだろうなぁ）

竜の雌はもっと……いやかなり図太い。

ちょっとやそっとのことではへこたれない鋼の精神をもった雌が八割がたをしめているだろう。

弱くて、もろくて、なのに頑固で聞き分けが無い。正直ソウマは時にヒステリックと称されるほどに浮き沈みの激しいこの年頃の人間の少女を苦手としていた。

不安定で、どう接して良いかも分からない面倒くさい存在。

つまりソウマは今とまどっていて、けれど放っておくことも出来ないくらい気になって仕方がなくて。

結局食事を持っていく役割をレイヴェルから奪ってきた。

何をやっているのだろうと、我ながら思う。

「考えて悩むのは別にいい。いくらでも悩んで決めればいいんだ。でもそれはやらなきゃならないことをしながらでも出来る」

「…………」

「……つまり、食べながらでも悩めるってことで。ちゃんと食べなさい」

「……」

「……シェイラ」

(どうしたものか……)

不安に思っているのなら、困っているなら助けてと言えばいい。

素直に思うことを言えばいいだけなのに、だんまりで一人でうずくまっている。

頑固なのか、偏屈屋なのか、遠慮がちなのか。

とにかくこういう時、人間の女の子にはどうするのが正解なのだろう。

(まったく見当がつかねぇ。面倒だ)

……なのに放っておけない。堂々巡りだ。

途方にくれて大きくため息を吐いた時、立てた膝に顔を伏せたままのシェイラが小さくつぶやいた。

「……で」

「ん？」

掠《かす》れた声で、ソウマはその内容が聞き取れなかった。

だからもう一度、とシェイラを促してみると、彼女は息をのんだあとにやっと顔を上げてくれる。

しかしどうしてか。彼女は涙を溜めた目でソウマをにらみつけるのだ。

「やっ、優しくしないでください……！」

「はい？」

「私みたいな子に親切にする必要なんてまったくありません。どうせ本心でないのなら構わないでください」

「……それって、血の力に惹かれているから俺が今もシェイラを構ってるんだって言いたいわけ？」

ソウマの声が、とたんに冷え切った硬いものに変わる。

「っ……だ、だって……。…どうしたら白竜の血の力を止められるかなんて分からなくて……。お願い、放っておいてください…」

「っ……」

言いたい事だけ言い放って、シェイラはまた膝の上に顔を伏せてしまう。

スカートをきゅっと握った彼女の手は、よほど力を入れているのか白く変色していた。

あまりに悲壮感漂うその様子を可哀想に思いつつも、ソウマの中には別の感情が渦巻いていた。

ぽつりとつぶやく。

「……苛々《いらいら》する」

――――怒っていた。

シェイラの顔のすぐ横にある壁に、勢いをつけて拳を叩きつけた。

「っ……!?」

ドンっ！　という鈍い音が響くと同時に、壁が確かに揺れた。

驚いてびくりと身体をすくませて後ずさろうとしたシェイラの顎を、壁に叩きつけていない方の手で捕らえ無理やりに上向かせる。

上向いて間近に迫った彼女のその薄青の瞳を、ソウマは苛立った気分そのままの怒った顔でにらみつけた。

大の男に無理やり壁に追い詰められて、至近距離で本気の怒りを込めた表情でにらみつけられれば、シェイラはあたりまえのように脅えた表情をして体をすくめた。

固まってしまっているシェイラに向かって、ソウマは大きな声で怒鳴りつける。

「勝手に決めつけるんじゃねーよっ‼」

人の感情を勝手に決めつけているシェイラが苛立たしかった。

そんなに、自分の彼女への接し方は偽善《ぎぜん》くさかったのだろうか。

はたまた力のせいで無理やり動かされているようにでも見えたのか。

馬鹿みたいな被害妄想に浸ってばかりいる彼女に、気が長い方でもない激情型の火竜であるソウマは耐えられなかった。

どうしたら分かってくれるのだろうと考えて考えて。

笑って欲しいと思ってこうやって慣れないながらも元気づけようとした。

でも結局、信じてくれない彼女への怒りの方が大きくて。

自分が人間の少女を励ます手立てを何一つ持っていないことも苛立たしい。

ぷつりと糸の切れたソウマは、その噴き出した自分とシェイラに対する怒りを、衝動のままに行動に移した。

上向かせるために顎をつかんでいた手に力をこめ、さらに反対の手を彼女の背へと周して引き寄せる。

何も思考が働かないまま。

気が付いたときには、薄い桃色の唇を奪っていた。

「っ……!?」

驚きで見開く薄青色の、わずかに濡れた瞳が欲しいと。……そう思ってしまった。

❖ ❖ ❖ ❖

それは本当に突然で、かわすなんて考えも及ばなかった。

シェイラの唇を奪う、荒々しいキス。

「ん、ぅっ……」

「……っは」

鼻にかかる息と、背中をきつく抱きしめられて密着した体は感じたことのないほどの熱をはらんでいた。

キスをされているのだと気づいたけれど、それに抵抗できるような術は持っていない。

――――否《いな》。

シェイラは抵抗しようとは思わなかった。

頭の中は混乱と羞恥で真っ白で。

それでもすっぽりと収まったソウマの胸の中は暖かくてほっとした。

唇を押し付けられ続け、その後に一瞬離れたかと思えば次は舌でちろりと舐《な》めあげられる。

生々しい感触に、背筋が泡立《あわだ》って、ぞくぞくとした寒気にも似た感情を覚えるのに、だけど嫌では無い。

（むしろこのままで……）

そんなことまで思ってしまう自分が信じられなくて、息苦しさと混乱で勝手に涙があふれそうになる。

そして自覚をした。

こんな場面になって、やっと。彼に対して感じる強い憧れや羨望が、ただ竜だからという理由だけでなかったことを。

ちゅっと、最後に音を鳴らして唇を吸ってから、ソウマは顔を離す。

彼はシェイラの涙の溜まった目を見て、はっと我に返った風に自分で自分の口元を覆っている。

そして呆けてしまって何も言えないままのシェイラへ、寂しそうに眉を下げた。

「……悪い」

「っ……ち、ちがっ……」

この涙の意味を勘違いされたのだと悟って、シェイラは頭を振って否定する。

恥ずかしいのと、まだ混乱しているのとで上手く言葉には出来なかった。

こういうときに限って、機敏に動くことの出来ない間抜けな自分が歯がゆい。

「あー……だから、その、な……」

ソウマはがしがしと自分の後ろ頭を掻いて、恥ずかしそうに視線を逸らした。

「っ……こういう好きと。……友好的な意味での好き。それから力に支配されての好き。違いくらいわかってる。ぜったい間違えねぇよってことを、俺は言いたいわけで……」

「………ソウマさ、ま」

「間違えない。絶対だ。竜たちがお前に寄せる信頼を疑うな」

悲壮感に暮れてぽっかりと空いていたシェイラの胸の中に、何か暖かいものが静かに落ちた。

「で、でも。私、竜になるって言われて、怖いって……嫌だって、思ってしまって」

「違う生き物になるなんてわかって、怖くないはずないだろう。俺だって人間になるだなんて言われたら……。無理、気持ち悪いわ」

「………ソウマさま、も？」

「当たり前だろう？」

「………」

ソウマは、人間になる己を想像したらしく身を震わせてみせた。

シェイラはその反応にぽかんと口を開けた。

今まで散々好いていたはずの竜が怖いだなんて言えば、ソウマはシェイラを軽蔑するだろうと思っていた。

（思っていた反応と何だか違う……）

もしかすると、違う生き物になるということは、皆が受け入れがたいものなのか。

皆、同じように怖い、恐ろしいと思うのか。

呆けたままのシェイラを前に、ソウマは深く息を吐いたあと、気まずそうに目を逸らして咳払いをしてから口を開く。

「竜と人との混血のやつは、一代目か、長くても二代目くらいまでが力を受け継いで、そのどちらの種として生きるかの選択を迫られる」

「に、二代目……だとしたら、私の兄妹たちも？」

「竜と長いこと過ごせばそうなるけれど、今のままだとその心配はないだろう」

「あ……そうですよね」

「あとは兄さんたちに何の兆候《ちょうこう》もなかったのなら、シェイラの血が特別濃いのかもしれないな」

「私だけ？」

「さぁ。俺は会ったことが無いから何とも言えないけれど。でも竜の血を引っ張り出せば、どうしても寿命はだいぶ伸びるだろうな。だから人間として生きていくのはやっぱり難しくなるだろう」

竜ならば術で人型としての見目《みめ》はいくらでも変えられる。

しかしどうしても寿命は変わらないし、身体的な老いもごまかしようがない。

レイヴェルも、老人のふりを上手くしてはいたけれど、この山奥で元気に一人暮らしをしているという時点で違和感があった。

広い屋敷の中は、通いのメイドも居ないのに隅々までが埃《ほこり》一つなく清掃されていて、部屋の全てが当たり前のように整えられている。

それはとても人間の老人が一人で出来る仕事量では無かった。

「だからシェイラが家族や友人たちと一緒に、同じように生きていきたいのなら。竜を、……捨てろ」

「で、でもココは……」

「ココのことはどうにでもなるさ。他に任せる者が居ないわけじゃない」

「ソウマ様……」

ソウマは的確に、事実だけを言ってくれている。

混乱して、この体が違う生き物へと変わってしまうと想像すると怖くて怖くてどうしようもなくて。

それでも、やっぱりココと離れることは出来なくて。

でもココも血の力があるから自分を好いてくれるのだと考えて。

そんな風に考え、竜達がくれた全ての好意を疑ってしまいそうな自分を嫌悪した。

途方に暮れ、ぐるぐる悩んで落ち込んでいた思考を、ソウマは引っ張りあげようとしてくれている。

（ソウマ様の言うとおり。泣いて、落ち込むことがやることではなかったんだわ）

シェイラがすることは、自分の未来を考えること。

きちんと考えて考えて、後悔しない結論をだすこと。

「っ……ソウマ、さま？」

目の前にいたソウマが立ち上がって、シェイラの上には影が出来た。

思わず見上げたシェイラの頭を、彼は苦笑して軽く二度たたく。

「えーと、そういうわけで」

「え、あの……」

いつも機敏で颯爽《さっそう》と動く彼に、人より反応が遅いと自覚しているシェイラが追いつくわけがない。返す言葉と何をすればいいのかを考えている間に、ソウマは勝手に納得して勝手に退室しようとしていた。

視線を合わせてくれない。いつもみたいにくったくなく笑ってくれない。

引き留めなければと焦って手を伸ばすけれど、それさえも間に合わず、手が空を切るだけだった。

……いや、シェイラに触れられることを、彼は明らかに避けた。

「ちゃんと食べろよ。ココも心配してる」

ソウマは後ろ向きに手を一度振って、シェイラ一人を部屋に取り残して戸を閉めてしまった。

その時のシェイラがどんな顔をしていたのか、見ることもしないで。


――――自分の部屋に帰ったソウマは、無言のままに後ろ手で戸を閉める。

部屋の中は当たり前だが誰一人いなくて、シンと静まり返っていた。

暖炉には火もくべられていないから、吐く息が白くなるほどに冷え切っている。

「あー、もう。何やってんだ俺……」

ソウマは片手で顔を覆って愚痴を吐きながら、扉にもたれてずるずると床に崩れ座り込んだ。

「馬鹿すぎる、俺。追い詰めてどうすんだよ」

情けない気分だった。

重く長い息を吐く。

（切っ掛けは、やっぱり血の力だったのかもな……）

苦手で近寄ることを避けているあの年頃の少女に、僅かであっても興味を抱いたのは、やはり白竜の血が関係していたのだろうと、今なら分かる。

でもあくまで切っ掛けでしかない。

まだ目覚めてもいない、不確かであやふやな弱い力に惑《まど》わされ続けるほど意思は弱くない。

色素の薄いさらさらの白銀の髪は、触れるとどんなに心地よいのだろうと想像して。

気が付けば無意識にその髪を撫でるために手を伸ばしている。

何よりも見上げてくる透明感のある瞳が印象的で、ひどく胸をざわつかせた。

普段は大人しい方なのに、竜を見ると子供みたいに綻ぶ顔がかわいいと思った。

自己主張をあまりしない性格なのかと思えば、ココのことに関してだけはどれだけ反対されても絶対に折れない潔《いさぎよ》さも恰好よくて。

シェイラの意外な一面を見れば見るほどに惹かれていく。

この想いが偽物であるはずがない。

（でも。止まれると信じていた……）

彼女に対する感情が恋情だと以前からうっすらと理解はしていても。

人と竜という徹底的に違う生き物と生き物の間にある、厚い壁を越えようなんて考えもしなかった。

だからアウラットに聞かれた時も本心からあり得ないと断言した。

人との恋を竜は極端に恐れる。

生涯を共にする相手は、優秀な子孫を残せる相手かどうかで選ぶもの。

生まれたときからすべての竜がそう思っていて、人に恋をして痛い目を見ている奴を少し馬鹿にさえしていた。

……それなのに。

崩れてしまいそうな顔をする彼女を見てしまえば放っておくなんて出来なくなった。

もろくて弱い人の少女をどうしようもなく抱きしめてやりたくて。

守りたいと思う気持ちが止められなくなった。

誰の手でもなく自分の手で、彼女を幸せにしてやりたくなった。

それが出来ないことにいら立って、衝動のままに乱暴を働いてしまった。

「……幸せを考えるなら、離れるべきなのに」

人として生まれ生きてきたシェイラに、竜と共に生きろと言うのは残酷なことだとわかっている。

このまま竜と共にあり、彼女の中の人の血より竜の血を目覚めさせるなら。

きっと彼女は家族皆に先立たれることになるのだろう。

家族どころか今まで一緒に生きてきた、周囲のすべての人間に置いて行かれることになる。

大切な人々が次々に死んでいく中残されることになるような状況に、耐えられるほどにシェイラが強いとも思えない。

老いていく速さも目に見えて違うと、人として扱われるのも不可能になる。

「今更生き方すべてをまるっと変えるなんて、ちょっとやそっとの覚悟じゃできない」

それでも。

それでも願ってしまう。

共に生きてほしいと、思ってしまう。

なんて浅はかで我儘なのだろうと、ソウマは顔を覆った手の隙間から、重い自嘲の息を吐いた。

生き方の結論

胸に手を当てて目をつむり、深呼吸をしてから、そっと目を開く。

心臓の音は落ち着いていていて、無理なく笑うこともできる。

「うん。大丈夫」

ソウマに諭《さと》されたことと、たくさん悩み考える時間を貰えたことで、翌日にはシェイラは全快とはいかないまでも気を取り直していた。

恐る恐る談話室の扉を開くと、驚いた顔で三人……いや、三匹が振り返った。

目を丸くして、少し口を開けて、皆がみんな同じ驚き方をしていたから、シェイラは思わず吹き出してしまう。

くすくすと小さく笑ったあと、一つだけ深呼吸をして、姿勢を正すと頭を下げた。

「ご心配とご迷惑をおかけしました。申し訳ありません」

どんな理由があるにしても、自分の態度はいいものじゃなかったと自覚している。

竜の血が怖いなんて、特に竜にとっては気分の良い話ではないだろう。

なのに誰もシェイラを非難することなんてなく、昨夜はソウマが、朝はココが、食事を持ってきてくれて、心配した言葉をかけてくれた。

手を前で結んで深く頭を下げたままのシェイラに、一番に反応したのはやっぱりココだった。

「しぇーらー！」

ぴょんっとソファから飛び降りて、勢いをつけて抱きついてくる。

じゃれつく小さな子供の頭を、シェイラはカーペットの上に膝を突けて目線を合わせてから撫でた。

「しぇーら、げんき？　だいじょうぶ？」

「もう大丈夫よ。ありがとう」

きゅうっと抱きしめて、柔らかなふくふくの頬に親愛のキスをする。

「えへへー」

嬉しそうにはにかむココが可愛くて、緊張していたシェイラの口元も自然に緩んだ。

そんなシェイラの傍に、存在感のある男が立ったことに、視界に影ができたことで気づいて顔をあげる。

昨夜のことを思い出して、彼の存在を感じるとどうしても身が固くなってしまう。

けれどソウマは柔らかく微笑したまま、大きな手でシェイラの頭を撫でた。

いつも撫でてくれるものよりも、少しだけ優しい手つきだ。

シェイラは目を瞬かせて驚いて、それから状況を理解すると眉をひそめた。

（……ソウマ様は普通？）

昨晩のことで気まずい空気になるかと想像していた。

けれどこうして見上げて窺ったソウマの様子はいつも通りだ。

（きちんとお話ししなければならないと思うのだけど）

この彼の様子からして、もしかすると気にしているのは自分だけなのか。

あれは勢いだけでされてしまったことなのだろうか。

「あ、あのっ。ソウマ様！」

「ん？」

「えっと……えぇー……、あの。出発してもらってもいいですか？　出来れば今日にでも……」

ソウマは少し驚いた風に目を開いてから、快く頷いてくれた。

「それでですね。帰りの日程は二日に分けて移動することにしませんか？」

「二日？　もしかして俺のため？　別に平気なんだけど」

「駄目です。ゆっくり行きましょう」

今度こそ無理をさせるわけにはいかない。

雪も積もっていて、深い山の中にあるこの場所から馬車で帰る選択肢は始めからないけれど、それでも出来るだけ負担のない方法で帰るべきだ。

そう言い募るシェイラに、ソウマは複雑そうに苦笑する。

「だけど急いで帰りたいんだろ？」

「父と母と話さなければと思って……でも、大丈夫ですから。ソウマ様が楽な行程にしてください」

「そうか？　んー……なら、分かった。中間地点くらいの町で降りよう」

頷いてくれたソウマに、シェイラはほっと胸をなでおろしながらも、戸惑いながらわずかに瞼を伏せた。

（なんだか、聞きにくい……）

動揺しているのはシェイラだけなのか。

（ううん……そもそもこんな人の居るところで話すことでもないのだし）

ソウマのいつも通りの態度に幾らかほっとしているのも本当だった。

だから少しだけ、先延ばしにしてしまおうか。

まだ何も解決していなくて、何の答えも出せていない。

今やるべきことは、恋にうつつを抜かすことではなくて、これからの自分の生き方を決めることだから。

「まぁまぁ、せっかく孫に会えたのに三日でお別れなんて寂しいわ」

レイヴェルの声に、シェイラ達ははっと我に返って彼女を振り向いた。

「竜なんだから王都までひとっ飛びなんじゃないか？　そっちから来てもいいじゃないか。孫も娘もいるんだし」

「残念だけど、私はここから離れられないわ。あの場所を守らなければならないもの」

「あの場所……」

シェイラは地下の神殿に続く扉のある部屋の方角を見た。

「あの場所は、そんなに重要な場所なのでしょうか。昔は竜の集う場所だったとは伺いましたが」

今は始祖竜の像がひとつ佇むだけの、寂しい場所にも見えた。

尋ねたシェイラに、レイヴェルは小さく笑いを漏らす。

彼女は過去を懐かしむような優しい表情をしていた。

「……今はもう、誰も来ないし何もないわ。でもねぇ、もしかしたらが有るでしょう？　その時に私がいないと、あそこへ案内してあげられない。道を知っている竜はほとんど居ないもの」

「………」

（お祖母様は、司祭様のような役割なのだわ）

あの始祖竜の像を祀った神殿での、彼女の役目がなんとなくだけど分かった気がした。

何かに迷って救いを求める竜達に道を指し示すことが、竜の導き手である純血の白竜である彼女の使命なのだろう。

だからたった一人になっても、こんな山奥から出ようとはしない。

もう滅びたと、伝説の存在だと言われ、誰かが来る可能性はほとんど無くても。

それでも来るかもしれない迷える竜を、彼女は待ち続けるのだ。

「……また、来ます。必ず」

竜の翼をもっていないシェイラでは、簡単に来られる距離でない。

それでもレイヴェルに……祖母にまた会いたい。

白竜として生きてきた彼女の話を、出来るならもっとたくさん聞きたかった。

シェイラの思いが伝わったのかどうかは分からないけれど、レイヴェルは柔らかく笑って、頷いてくれた。

「ええ。待っているわ」

「んじゃ、帰りの支度をするか」

「はい」

「しぇーら、しぇーら！」

帰りの支度をはじめようとしたところ、ココがシェイラの服の裾を引いて呼んだ。

「どうしたの？」

尋ねてみると、ココはなにやらとても必死な様子で両手を振り回している。

「ココ？」

「あのねっ！」

慌てた足取りで、暖炉のそばにかけていった。

小さな背中を目で追っていると、ココは暖炉の脇にかけて乾かしていたマフラーとコートを取ろうとする。

背伸びしているけれど、まったく届かない。

そのことに気付いたらしいココは羽を動かして少し浮いてから、マフラーとコートを両手できゅっと握って、シェイラを振り向いた。

「ちょっとだけ！　もーちょっとだけ、ゆきであそんでたいの！」

「うーん……でも、遅くなってしまうわ」

「ちょっとだけぇっ」

「……………」

目に涙までためて必死で言い募るココに、シェイラは笑いをこぼす。

（そんなに雪遊びが楽しかったのね）

王都の方はあまり積もらないから、本格的な冬がきても満足な雪遊びは難しいはず。

だったら少し時間をずらしてでも、雪に触れる経験をさせてあげた方がいいかもしれない。

寒いのが苦手なはずの火竜が雪を好きだなんて少し可笑《おか》しかったけれど、むしろ苦手意識がない今のほうがいいだろう。

(ソウマ様は苦手みたいなのよね)

ここへ来てから彼が外へ出たのを見ていない。

時々うんざりとした表情で外の雪景色を見ているのにも、実は気づいていた。

「じゃあもう少しだけよ？　お昼には出ますからね」

そう言うと、ココの表情はぱっと輝くのだった。


シェイラ達は、予定通り二日かけて王都へ帰った。

……二日間とも、ソウマはあの夜については何も言わなかった。

ココが眠ってしまって二人きりになるときもあったのに。

やはり彼は無かったことにするつもりなのか。

それとも竜にとって、キスは何の意味も持たないことだったりするのだろうか。

(いえでもあの台詞はどう考えても……)

もやもやと頭のなかで色々なことを悩みながらも、順調に王城へとたどり着いた。

王都へ着いてすぐ、シェイラはココをジンジャーへ預けて実家へと帰る。

とにかく両親と、とりわけ人であることを選んだという母メルダと話をしなければならない。

置いていくときに泣きそうな顔で見送ってくるココを見れば心が痛んだけれど、きちんと自分と向き合うために、シェイラは一人で帰ることにした。

「おかえりなさいませ、シェイラお嬢様」

「ただいま帰りました」

馬車から降りるとすぐに扉を開けてくれた馴染みの侍従《じじゅう》に挨拶をして、玄関をくぐる。

するとそこにはシェイラの帰りを待ち構えていたように、母メルダと父グレイスが並び立っていた。

シェイラはどうしても表情がこわばるのを自覚しながらも、微笑みながら彼らに近づいていく。

「ただいま帰りました。お母様、お父様」

「何か月もかかる長旅になるだろうと思っていたのに、さすがに竜の背に乗っていくと早かったな。おかえり、シェイラ」

「おかえりなさい」

二人と順番に抱擁《ほうよう》と親愛のキスを交わしてから父を見上げると、ずいぶん複雑そうな表情をしている。

「お祖母様に会ったのか」

「はい。すべて聞きました」

グレイスは眉間に皺をよせて、重いため息を吐いた。

「居間……にはユーラがいるか。客間で話をしよう」

そう言うとグレイスはシェイラの返事も聞かずに客間の方へと歩いて行ってしまう。

彼の足取りはひどく重そうで、肩はいつもより角張っている。

緊張しているのだと、父の背が語っていた。

客間でグレイスとメルダと向かい合って座ったシェイラは、ぐっと背筋をのばした。

「お祖母様は元気だった？」

「えぇ。とても。それで…あの……」

緊張しているシェイラの気持ちを知った上で、メルダはいつも通りのおっとりとした緩やかな動きで、湯気をたてるティーカップを口元で傾ける。

一口飲んで喉を潤してから、彼女は静かに言った。

「間違いなく私は半分竜の血を引いているわ。あなたよりずっと濃い竜の血を。二代目のあなたは竜の傍で竜の気にあてられない限り人でいられるけれど、私は最初から普通の人でない」

「え……？　でもお祖母様は……そんなこと言っていなかったわ」

祖母レイヴェルの話では、母メルダは人として生きていると聞いていた。

「術を使ったり、何かを操ったりという分かりやすい力はないわ。普通は成長するにつれて大きくなるものらしいけれど、力が目覚める前にグレイスと出会って人の道を選んだから、白竜としての力を得ることはなかった。でも少しだけ……人と比べて病気やけがには強いし、寿命もいくらか長いでしょうね。それでも人として少し長生きってくらいじゃないかしら。だから私は人の中で、人として生きられる」

「っ……」

「でもシェイラが竜と一緒に生きるのならば、ごまかせないほどの寿命になるわ。人の中で生きていくのはもう諦めるということよ。一度目覚めてしまえばもう後戻りは出来ないもの」

メルダの台詞に、シェイラは膝の上においた手をきゅっと握る。

覚悟は決めてきた。

それでも先のことを考えると、やはり怖いと思うのだ。

「……シェイラ。決めたのか」

グレイスの静かな声に、シェイラは息をのんだ。

それからゆっくりと、確実にうなずいて見せると、父は悲しげな息を吐く。

まるでシェイラの決めた選択をすでに知っているかのような反応だ。

シェイラは両親の目をしっかりと見ながら口を開いた。

「竜のそばにいれば私のなかの白竜の血が目覚めるということ、正直言って怖いと思いました。あっさりと受け入れることはまだ出来ません。何より竜たちの導き手という役目も、私が出来るだなんてとても想像つきません。竜たちに好かれるという以外に何があるのかも、お祖母様は教えてくれませんでしたし」

「それは……私にも分からないわ。そういうものは学ぶのではなく自然に芽生えるものだから。人を選んだ私にはまったく経験のないことだもの」

「はい。分かっています。だからお祖母様は言わなかったのですよね。そして私は……」

大きく息を吸って、一度ためらうように言葉を詰まらせた。

でもお腹に力を込めて覚悟を決める。

「ごめんなさい‼」

シェイラは両親に向かって、深く頭を下げた。

「シェイラ……」

父の困惑した呟きにも、顔を上げることはなく、そのままの状態で言葉を続ける。

「お父様のこともお母様のことも大好きで、人であるということにも何の不満もありません。竜になりたいとか、そういうことでもない。むしろ怖いわ。でも、それでも私はあそこに……居たいんです。ココやソウマ様やクリスティーネ様という竜達や、竜に近しいアウラット王子やジンジャー様ともっと知り合いたい。それで自分の中の何かが変わるなら、もう構わないって思ったんです」

たくさん、本当にたくさん考えて、悩んだ。

十五年間生きてきて初めてなくらいに本気で悩みぬいた。

自分はどうしたいのか。

このままだと変わっていくだろうこの身に対する恐怖と、どうやっても切ることの出来ない竜への憧れ。

（……考えても考えても、手放せないの。どうしても、諦められないの）

そう。どうせ諦められないのだ。

小さいころ、竜に対する自分の傾倒が異常なほどであることに気が付いて一度諦めてしまった夢。

竜の背に乗って空を飛べたらどんなに気持ち良いだろう。

本当の竜の身体はどれくらい大きいのだろう。

竜と契約をして、竜と一緒にいる人がうらやましくてたまらなくて。

きっと自分も大きくなったら竜の里へ行って契約竜を探すのだと決めていた。

あの頃の自分は、間違いなく一番自分の気持ちに正直に生きていた。

シェイラは一度捨ててしまった自分を、この数か月でまた取り戻した。

そしてもう二度と捨てられないと思った。

ココが懐いてくれているからでも、ソウマが願ってくれたからでもない。

シェイラ自身が、こうしたいと心から思った。

握った手にきゅっと力をこめたシェイラは、真剣な気持ちが伝わるようにと必死で両親に言い募る。

「人間とは違う全く異なる生き物に近づくというのは確かにどうしようも無く怖いけれど、それでも、どうやっても諦められない。ごめんなさい。私は――――私はっ、竜達と共に生きていきます」

シェイラの言葉を最後に、室内はしばらく静寂に包まれた。

「…………」

「…………」

父であるグレイスは、難しい顔をして何かを考えるように黙り込んでいる。

シェイラは父の返事を、緊張で胃が痛くなりながらも待った。

母のメルダはいつも通りにおっとりと微笑んでいる。

シェイラの決意も、グレイスの複雑な思いも、きちんと理解した上でメルダは柔らかな笑みを崩さない。

目に見えて悩んでいる父と比べて、平静のままでいられる母の強さを突きつけられた気分だ。

シェイラはココに対して、こうやってどっしりと構える母親の顔を絶対にまだ見せてあげられていない。

「……あなた」

あまりに長い間黙り込んでいるグレイスを、メルダが小さく呼ぶ。

グレイスの肩がわずかに揺れて、こくりと彼の喉が鳴った。

眉をひそめたままで息を深く吐いてから、グレイスはシェイラを見据える。

「シェイラ」

「はい……」

茶色の瞳が真っ直ぐにシェイラを射貫《いぬ》く。

グレイスは静かな低い声で口を開いた。

「お前の好きなように生きなさい。でも耐えられなくなったなら何時《いつ》でも帰ってきていい。たとえ人であろうと竜であろうと、シェイラが私たちの娘であることには変わりはないのだから」

「お父様……」

父の言うとおりに、何かあれば帰って来るということはとても難しいことだと、ここに居る誰もが分かっている。

シェイラの力が目覚めた後に家に戻れば、人になると決めた母や、竜の血のことを何も知らない兄妹達に影響が出てしまう。

数日間遊びに来る程度なら問題ないだろうけれど、一緒に暮らすとなるととても難しい。

それでも本気で、全てのリスクを承知の上でグレイスはいつでも逃げて帰って来ていいと言ってくれている。

「有り難うございます。行ってきます」

この家の子供として生まれたことが、誇らしいと思う。

ソファから立ち上がってテーブルを回り、父と母に抱きついた。

両親に心を込めて親愛のキスをしてから、シェイラは自分の戻るべき場所に身を翻すのだった。


「そうまー。しぇーらまだ？」

頬をふくらませて見るからに機嫌の悪いココが、ソファへ寝ころびながら駄々をこねる。

「まーだ。大人しく待っとけ」

「いやぁっ。うー……しぇーらぁー」

「お前どんだけシェイラ好きなんだ」

「んー。いっぱいすき。だいすき」

そう言うココは、ついさっきまでの機嫌の悪さが嘘のように、幸せそうな顔で「だいすき」を繰り返した。

ローテーブルを挟んで向かい側のソファに腰かけているアウラットが、からかいを込めた目をソウマに向ける。

「これは強力なライバルだな、ソウマ」

「うっせ」

「ははは。……それにしても、まさか白竜とはな。ジンジャー、何か知っていたか？」

アウラットが傍らにいるジンジャーに声をかけると、ジンジャーは白い顎鬚《あごひげ》を撫ぜながら首を横へ振る。

「いいえ。白竜の血はとうの昔に潰《つい》えてしまったものだと疑いもしておりませんでしたな。まさか純血が存在していて、クウォーターとは言え血を引く者がこんなに近くにいらっしゃるとは」

「あぁ。近いうちに絶対会いにいかなければ。白竜に、始祖竜の像が祀られた神殿か……」

「私も久々に遠出をしなければならないようです」

「はぁ……本物の白竜の鱗はどれほどに美しいのだろうなぁ。撫でさせてくれるだろうか」

アウラットとジンジャーの声は恍惚《こうこつ》とした興奮で弾んでいる。

なによりも竜を愛する彼らにとって、もう絶滅したと思っていた白竜の発見は青天《せいてん》の霹靂《へきれき》。

一応、大の大人だから抑えてはいるらしいけれど、飛び上がって叫んでしまいたいくらいに歓喜していた。

シェイラが白竜の血を引いていると知った直後から、彼女に対する二人の目が露骨に竜への偏愛へと変化したのを、ソウマは見逃していない。

もともと孫を愛《め》でているかのようだったジンジャーとは違い、アウラットはシェイラを嫌いさえしていたのに。

何という切り替えの速さだと、ソウマは呆れていた。

「だがこれで、心配していた事態も解決しそうだな」

「心配って何のことだ、アウラット」

ソウマが首をかしげると、アウラットは頷いてココを差した。

「始祖竜のココが火竜の長となれば、現在上手く均衡の取れている四種の竜のバランスが崩れ、諍いの種になるかもしれないと話していただろう」

「あぁ、そう言えば」

思い出したソウマは、アウラットと同じようにココへと視線を移した。

ぐずぐずとシェイラを恋しがりながらソウマの腕にからみついてくるココは、今存在する竜の中でもとびぬけた力を持つ始祖竜。

両親から血を分けて生まれたのではなく、自然の大気から生まれた竜だ。

自然のエネルギーそのままの凝縮体と言ってもいいココは、成長すればどの竜よりも強力な炎を、どの竜よりも自由自在に操るのだろう。

一匹だけが強大な力を持てば、平穏を保っている竜たちの関係が崩れるのは予想できる。

しかし偶然か必然か、ココの傍にはちょうどあつらえた様に白竜が存在していた。

「竜たちを束ねる役を担う導き手の白竜がいれば、無用な諍いには発展しないでしょう」

ジンジャーの言葉にうなずいたアウラットは、小さく笑いを漏らす。

「もっとも力の目覚めていない今は、普通より少し竜に好かれやすいといった程度の力だが」

「それも追い追い……シェイラ殿の成長に期待しましょう」

「あぁ。まぁ、急ぐものでもないしな。そういえばココがシェイラと契約を交わせなかったのもこれで説明がついたな」

ココはシェイラに『人と竜の契約の術』を行使しようとしたことがある。

けれどなぜかはじかれて不成立に終わっていた。

あの時はココが幼いゆえにだと思われていた。

けれどシェイラが純粋な人間でなかったから術がかからなかったのだと、今なら理解できた。

「…………なんか」

アウラットとジンジャーの会話の中で、ソウマは複雑な思いで呟いた。

「どうした？　ソウマ」

「いや……なんか、シェイラが帰ってくるものだと疑ってもいないみたいな会話だなぁと」

（……そうそう生き方を変えられるわけないだろうに）

少なくともソウマの目から見たシェイラは、白竜の血におびえているように見えた。

このまま人としての道を選んで、城には帰ってこない可能性も十二分にあるはず。

なのにアウラットもジンジャーも、まるで帰ってきて当然だという風に話しているから、戸惑ってしまう。

そんな心中のソウマを、アウラットは驚いたように目を瞬かせて見ていたかと思えば、軽く笑う。

「帰って来ないなんてありえない。なぁ、ジンジャー」

「えぇ。その通りですとも、殿下」

「……何だよ二人して」

自分よりアウラットやジンジャーの方がシェイラのことを理解している風なことを言われて、ソウマは分かりやすくむっとした。

眉を上げて睨みつけて見せると、アウラットは呆れた風に軽く笑う。

それから彼はソファの肘掛けに肘を置いて頬杖をついた。

シェイラを待ってそわそわと落ち着かないソウマとも、恋しがってぐずっているココとも違う。結果がどうなるか確信しているかのようなリラックスのしようだ。

「これだけ竜と関わって、竜に魅せられた人間には、どんな事情があろうと竜から離れることなんてありえない」

「……？」

からかいの色を含んでいたアウラットの声が、とたんに優しく真摯《しんし》なものへと変わる。

わずかに瞼を伏せて、柔らかく笑った。

「お前たち竜には、それだけ惹かれるものがあるということだ」

「っ……。それは、お前もか」

「あぁ、もちろん。この上なく愛しているし、ずっと魅せられているよ、お前に」

「つっ……、おいおい。いきなり恥ずかしいことを言ってくれるな」

「たまにはね」

竜が好きだと公言し偏愛しているアウラットだけれど、長い付き合いで慣れているソウマへの対応は結構軽い。

間違ってもソウマに対して、他の竜みたいに『好き』だの『愛している』だのは言わなかった。

（むしろ言われても困るし気持ち悪い……。と思ってたんだが、まぁたまには）

こうやって言葉で大切にされていたのだと伝えられるのも、されてみると悪くはなかった。

――なんとも気恥ずかしい空気が流れはじめたその時、ノックの音と共に侍従の男が入ってきた。

「失礼いたします、殿下」

「どうした」

「シェイラ・ストヴェール様がお帰りです。皆さまにお目通りを願っておりますが、お通ししても宜しいでしょうか」

その知らせに、ココは飛び跳ねて扉へと走って行き、場に居合わせた面々は顔を見合わせて吹き出した。


「あぁ、すぐに通してくれ」

扉の脇に控えていたシェイラは、そのアウラットの声に一歩前へと進み出る。すぐに足元に走り寄って来たココに気が付いて、身を屈めて両手を差し出す。飛び込んできた小さな体を抱きしめて持ち上げると、部屋の中央のソファセットに居並ぶアウラットとソウマ、ジンジャーを見据えて頭を下げた。

「ただいま帰りました」

「おかえり。旅は楽しかったか?」

アウラットのからかうようなその台詞に、シェイラは眉を下げて苦笑を漏らす。

「楽しかったかどうかは断言できませんが……。でも必要な旅だったと思います」

「ははっ。そのようだな、ずいぶんすっきりした顔をしている」

「答えは出たようですな」

「っ……」

アウラットとジンジャーの台詞から、ソウマがセブランで起きたこと、シェイラに流れる血について の報告を全て済ませてくれていることを知る。

ソウマへと視線を移すと、彼は微笑みつつもなんだか困ったような顔をしていた。

(……?)

アウラットに勧められるままに、ソファの一つに腰を下ろした。

ロの字型に設置されているソファセットで、右側にアウラットとジンジャー、左側にソウマが腰かけている状態で、シェイラはココを膝の上に下ろしたまま頭を下げる。

「ご心配をおかけしたみたいで申し訳ありません」

「いや？　特に心配などしていなかったが。そうだな、ジンジャー」

「ええ。私と殿下は帰ってくるものと疑いもしておりませんでしたからね」

「ココもな。そわそわ落ち着かなかったのはソウマくらいか」

「……アウラット」

「………」

予想と反した明るい空気に、シェイラは目を瞬く。

白竜の血が混ざった人間がここにいるなんて、結構衝撃的な事態だと思っていたのだ。

なのにアウラットもジンジャーも、当然のように受け入れている。

「まぁ、答えは分かってはいるが。君の言葉で聞かせてもらおうかな」

アウラットはそう言って頬杖をついて崩していた姿勢を起こした。

（………見透《みす》かされているわ）

アウラット達は、シェイラが悩んで悩んで出した答えを分かっている。

そしてその理由に思いいたった。

（そう……きっとアウラット様もジンジャー様も、同じ答えを出すもの）

もしアウラットやジンジャーに竜の血が流れていたら。

彼らもやはり、シェイラと同じように竜の傍にいることを諦めはしない。

竜を愛し、彼らの魅力に惹かれてしまい、なによりも契約をして竜使いになるほどの竜好きの彼らが、同じように竜を好きなシェイラの出す答えが分からないはずがないのだ。

ソウマが分からなかったのは、彼が竜だから。

己がどれだけ人を魅了するのかを、彼らは理解していない。

だからシェイラが帰ってくるかどうか疑心を抱いていたのだろう。

「それで？」

アウラットが先を促す。

シェイラは背筋を正して三人の男性を見据えた。

「竜の傍に、この王城にいたいです」

理由なんてきっと彼らは分かっている。

だから説明をする必要も感じず、シェイラはただ結論だけをきっぱりと述べた。

それが、一番まっすぐに伝わると思った。

他の者が退室して、ソウマはアウラットと部屋に二人きりになっていた。

話し合いの結果、シェイラには今まで通りココの親役として城に居て貰うことになった。

ココの成育記録をつける仕事も請け負って貰う。

少しの変化も見逃さないように、出来るだけ詳細に。

そして彼女の希望でジンジャーの授業も続くことになる。

まだ極秘事項とされているけれど、ジンジャーは数年以内に引退するつもりらしいので、もしかすると研究室ごとシェイラに渡すつもりなのかもしれない。

「それで？　何があった」

「…………」

深くソファに腰かけて、したり顔で嫌な笑みを向けてくるアウラット。

そんな彼にソウマはあからさまに顔をしかめて嘆息した。

「何がだ」

「ごまかせると思ったか？　シェイラとソウマの間に漂う空気が違う」

「…………」

「あと流れてくるお前の感情がなんか一気に熱くなった。なんの熱なんだか」

「っ……」

耳元が文字通り熱を持ったのを感じながら、ソウマはアウラットをにらみつけた。

感情の共有といっても、意識すれば簡単に切ることが出来る。

今までは特に不便も無かったからしなかったけれど、今後はそうもいかないようだ。

「っ……切るなよ」

そう考え感情の共有を切ったとたん、アウラットは顔をしかめた。

「今だけだ」

「ふん……」

今だけだと言ってもアウラットは納得出来ないようで不満そうな顔していた。

不機嫌ながらも、しかし真剣な目を彼はソウマに向ける。

「ソウマ、彼女は白竜の血を引いている。今後どんな力が目覚めるのか、どんな変化があるのかもさっぱり分からない」

「あぁ」

四種の竜なら、人との交わりの末に生まれた子供たちが何人かいるから、ある程度は予測出来る。

けれど白竜はそうはいかない。

文献でいくらかの資料は残っているようだが、正しいのか間違っているかの確認さえ出来ていないのだ。

「支えるなら、覚悟しろよ」

「……。白竜のことを知ったとたん、過保護になるんだな」

「はっ、当たりまえだ。なにせ竜だぞ？　白竜だぞ？　大切に大切にしないと。出来るならお前に任せるのではなく自分の手に届く範囲に置いておきたいくらいだ。でもそうしたら絶対に全力で逃げられるから、懐いているお前に任せておこう」

アウラットは大きくかぶりを振り、髪を乱しながら叫ぶ。

「あぁ、もう！　非常に残念だ！　だが私のパートナーのパートナーになるのだったら、間接的には私のパートナーも同然だからな！　あはははっ！」

（やばい。変態だ……）

興奮しすぎて非常に危ない人になっている。

しばらく気を付けて見ていないと暴走しそうだ。

しかし、白竜を自分の手中に収めようとすると逃げられると言い切っているあたり、アウラットは自分が変質的性格をしていると自覚はしているらしい。

「……で？　どこまで行ったんだ？」

興味津々といった具合に、灰色の瞳を輝かせながらアウラットは身を乗り出してくる。

「どこまでって……どこも」

「は？」

目を見開いたアウラットが、ずるりと姿勢を崩した。

「……もしかして、まだ気持ちも伝え合っていないのか？」

「はっきりとは……」

はっきりとも何も、その手の話題から逃げまくっているとはとても言えなかった。

しかし長年の付き合いであるアウラットにはお見通しらしい。

「お前は本当、変なところで臆病《おくびょう》になるんだな」

呆れたようにため息を吐いて首を振ったあと、人差し指をソウマにつきつけた。

「さっさと何とかしろ。大事な貴重な白竜なのだからな。逃がすなよ」

……やはり、竜だからなのか。

身体も中身も、今のシェイラは人間なのに。

白竜といっても四分の一だけで、実際にどれだけの変化があるのか分かりもしないのに。

アウラットの目にはもう、白い鱗に覆われた竜にしか見えていないらしい。

❖ ❖ ❖ ❖

「きゅう?」

日も落ちて月が高くに昇った静かな夜。

今は人の姿の気分ではないらしいココは、竜の姿で尻尾を抱きしめるように丸まってベッドに沈んでいた。

シェイラは円形のベッドの端に腰かけ、ひんやりとした赤い鱗を撫でて、寝かしつける。

「おやすみなさい」

「きゅ…」

眠りに落ちたその額にひとつキスを落とした後、城の侍女に後を頼んで部屋を出る。

行き交う見回りの衛兵たちに会釈をしながら、いくつかの場所を経由して辿りついたのは、空の塔の最上階。

人間は、竜使いの他は許可をもらわなければ入ることの出来ない場所だ。

今まではジンジャーとの授業の度に許可を得なければならなかった。

しかしシェイラが竜の血を引いていると分かったとたんアウラットの許可がおり、すぐさま出入り自由になってしまった。

あまり騒がれるのは気おくれしてしまうけれど、ジンジャーだけでなく研究者や学者達は総出で大騒ぎだ。

白竜の存在を完全に隠すことは不可能だと言われた。

四種の竜の里へ、平等に知らされるべきことがらだから。

数日中に竜の長たちへ、シェイラの存在は知られることになる。

竜達がどう判断を下し、白竜をどう扱うかはまだ分からない。

太古の時代のように崇めたてようとするのか、それとも異分子として距離をおくのか。

(大事《おおごと》にしたく無いという私の意見を、竜達が受け入れてくれればいいけれど……)

そんなことを考えながら階段を上っている間に、最上階へ到着してしまった。

シェイラは重い鉄扉を、両手で押して力を込めて開く。

開いた扉の隙間から冷えた風が吹き、おろしている白銀の髪をさらった。

風に舞う髪を押さえつつ周囲を見回すと、背を向けている男を見つける。

(居た……)

とたんに心臓が、どきりと跳ねた。

――本当は、わざわざこんなことするべきではないのかもしれない。

（だってソウマ様、恋を否定していたもの）

ロワイスの森に行ったあの晩。

彼は確かに、カザトのもつ恋愛感情を否定したような台詞をこぼしていた。

しかもあのキスを忘れたように接されてから、もう何日もたっている。

ソウマは本当にその場の勢いでやってしまっただけで、今はもう無かったことにしたいのだろうと、敏《さと》くないシェイラでも何となく予想はついていた。

それでも、うやむやにするのは心地が悪くてしかたがない。

なにより自分自身のことに決着をつけたことで少し自信のついた今なら、正面から聞ける勇気を持てるような気がした。

だからシェイラはここまで、彼を探しにきた。

「ソウマ様」

塔をのぼって来たことで上がった息を整えながら、シェイラはそろそろとその大きな背に近づいて声をかけた。

どうせ屋上の扉を開けたときから、彼もシェイラの存在には気が付いていたのだろう。

一拍置いたあとに振り返ったソウマは、いつもより少し大人びた顔で、らしくない複雑そうな微笑みを浮かべている。

またシェイラの心臓がとび跳ねて、それからすぐに痛いくらいに縮み上がった。

「なんで、ここに居るってわかった？」

「初めはお部屋を訪ねたのですが留守でしたので……。お庭にもいらっしゃいませんでしたし。それでソウマ様はこの場所がお気に入りなんだって、クリスティーネ様に以前お聞きしたのを思い出して、ひょっとしたらと」

「……あー……」

ソウマは息をついて赤い髪を前から後ろへと掻きあげる。

気まずそうに視線を逸らし、低い声でぼそりと呟いた。

「……悪かった」

謝罪の台詞に、シェイラは息を詰めた。

「そ、それって、何に対する謝罪ですか？」

「……キス、したこと？」

「…………」

キス、というその単語に頬が熱くなるのを感じながらも、的を射ない相手の反応に少しだけ眦《まなじり》を吊り上げてみせた。

欲しいのは謝罪ではないと、彼は絶対に分かっているはずなのに。

そんなシェイラの顔を見て、どうしてかソウマは気を抜かれたように小さく笑いを漏らす。

真剣に怒っているのに、笑われる意味が分からない。

「睨むなって。んー……うん」

「……なんですか」

「うん、……好きだなぁと」

「えっ、な⁉　……い、いきなりですね」

そう言いながらも、シェイラは安堵の息を吐いた。

きゅっと縮みあがっていた心臓が、また緩やかに動き出す。

（『勢いでうっかりやっちゃった』とかだったらどうしようかと思った）

もしここで突き離されてしまったり、忘れたふりをされてしまえばきっと相当落ち込んでいただろう。

きちんと気持ちが入っていたのだと明言されて、渦巻いていた不安が和《やわ》らいだ。

「はは、悪い。ちょっと態度悪かったよなー、俺。あのことを無かったみたいに振る舞って。ほんと悪い。……ちょっと、色々考えてて。衝動でやっちゃったから、混乱もしていたし」

ソウマが手を伸ばしてきて、きゅっとシェイラの手首を握った。

「ソウマ様……？」

「…………」

握ったというよりは、触れたという程度。

こちらが少し動かすだけで、きっとこの手は離れてしまうほどに弱々しい力。

シェイラは振り払うことなんてもちろん出来ずに、触れられた手首とソウマの顔を交互に見る。

ちょうど彼の背後で、満月が淡い光を放っている。

時折風に煽られる鮮やかな赤い髪は、満月に照らされたことで、光を放っているようにも見えた。

「りゅ、竜は、生涯を共にするつがいを、力で選ぶのだって」

「…………うん」

力が大きく、繁殖能力が高い、優秀な子孫を望める相手を。

そんな選定基準で竜たちは己のつがいを決める。

生き物が伴侶《はんりょ》を決める方法として、間違っているとは思わない。

「……俺たち竜は気持ちで相手を決めない。決められない。恋愛感情に溺《おぼ》れることが、どうしようもなく……怖い」

いつも朗らかに笑っているソウマが、らしくなく下を向いた。

瞼が震えていて、その赤い目に濃い影が落ちる。

シェイラはその大人びた憂いた表情に魅せられていた。

「……はずなのになぁ。本当に、どこから横に逸れたんだろうか」

ソウマが諦めにも似たため息を吐いて、わずかに身じろぎしたかと思えば。

次の瞬間にはもう、シェイラは彼の胸の中に収まっていた。

「っ……ソ…」

耳元で、大人の男の低い声が響く。

「こうやってわざわざ探しに来てくれたってことは、期待していいんだよな」

「つっ……」

かぁっ、と、頭に血が上る。

恋愛の経験がまったくと言っていいほどないシェイラにとって、大人の男に――それも恋をしている男に、抱きしめられるという状況は、それだけで身悶《みもだ》えてしまうほどに恥ずかしく戸惑うことだった。

羞恥と混乱で固まってしまっているシェイラを抱きしめる腕に、力が込められた。

「俺の恋人になって。俺のものになって。頼む、シェイラ……」

――恋をしていると自覚をしたのは、あのキスがきっかけだった。

でもよく考えてみれば、無自覚だったけれど……ソウマはずいぶん早い段階からシェイラにとっての特別だったのだ。

頭を撫でてくれる手がどうしようも無く嬉しかった。

ココの力が暴走したときに庇《かば》ってくれた、その近い距離と逞《たくま》しい腕にどきどきした。

なんでも無い人に手編みのマフラーを贈ろうなんて思わない。

そもそもココが居るとはいえ、男性と一緒にロワイスの森やセブランへの宿泊を伴う外出に抵抗をしようと思わなかったのは、何よりも相手がソウマだったからだ。

それだけの信頼と想いを、すでに持っていた。

自覚が無かっただけ。

きっと最初から、城の花園で出会い、朗らかな笑顔を向けられたあの瞬間から、シェイラはソウマに魅せられていた。

竜としてではなく、一人の男性として。

「……はい」

緊張して震えた声を返しながら、シェイラは頷く。

月明かりの下。

塔の上に浮かび上がっていた二つの影が、そっと一つに重なった。

番外編　初めてのお料理

王城にいくつか点在する厨房のひとつで、赤い髪を跳ねさせ背中に小さな翼を生やした幼い子が、やる気に満ちた眼差しで目の前の相手を見上げていた。

対面しているソウマは、自分の膝程度の身長しかないココを前に、明らかに押されている。

「えーっと。本当にやるのか？」

水玉模様の子ども用エプロンをかけた姿で、ココは頬を膨らませてだんっと床を蹴った。

小さな体で想像以上の大きな音が鳴らされて、ソウマはびくりと肩を跳ねあげた。

「すぅるーのー‼」

「でっ、でもさ。いくらなんでもまだ小さすぎるだろう。もうちょーっとだけ大きくなってから。その方が絶対いいって」

前に出した手で親指と人差し指の間に少しだけ隙間を作り、『もうちょっと』を強調してみたけれど、ココは大きく首を振ってさらに頬を膨らませる。

翼を使って飛び、わざわざソウマの目線の高さにまで来て宣言した。

「できるよっ！　ココもおりょうり、できる！」

「えー？　いやまぁ。そこまでやりたいならやりたいでいいんだけどさ。何で付き合わされるのが俺なわけ？　自分で言うのもあれだが、どう見ても戦力外だろ？」

厨房にいるのはソウマとココだけで、互いに料理をした経験などあるはずもない。

試しにいくつかある棚《たな》の引き出しを開けてみたけれど、何に使うのか見当もつかない器具ばかり。

出来るのは火竜の術で湯を沸かすことくらいか。

二人で料理を完成させるなんて難題すぎる。

なぜこの場に呼び出されたのが自分なのかと、ソウマは頭を抱えたくなった。

「俺は無理。シェイラと作ればいいじゃないか」

「しぇーらにないしょだから」

「え、内緒？　なんでだ？」

「あのね？　ココね？　しぇーらのつくったのたべるとしあわせになるの」

ココがふっくらとした頬を両手で挟み、なぜか恥ずかしそうに照れている。

もじもじと身をくねらせ、照れることに夢中で飛ぶことを忘れて落ちそうだった。

ソウマはココの脇の下に手を差し込み、腕の中に抱き抱えて話すことにする。

「ほう。で？」

「だからね？　ココもしぇーらににこにこになってもらうために、つくるの！」

「あぁ。なるほどねぇ」

普段の食事こそは城の料理人にまかせているものの、彼女は週に何度かはおやつや茶請《ちゃう》けを作っているると聞いていた。

現に、しょっちゅうソウマやアウラットのもとまで差し入れが届いている。

食事を必要としない竜であっても、貰っておいて食べない理由もない。

そしてこれまで作って差し入れて貰った様々な彼女の手製のものを食べてきたうえで、その腕前は信頼していた。

ココは三食きっちりの食事を必要とするシェイラと一緒にいるためか、他の竜達よりも食事の回数は多いようで、食べることにも積極的だった。

美味しいものをいつも作ってくれるシェイラを喜ばせたい。

だからシェイラにして貰った嬉しかったことを同じようにして返したいと、ココが言うのはそういう事なのだろう。

理由は分かった。それならばソウマもしょっちゅうご馳走になっているから、手伝うのも良いと思う。

「でもなぁ」

本当にどう考えても、食べものが出来あがるとはとても思えないのだ。

ココを抱いたまま、眉を寄せて唸るソウマの肩を、後ろからとんと叩く感触がした。

振り向くと、水色の髪をした、いささか問題のある服装をした美女が立っていた。

「クリス？」

水竜のクリスティーネは、おっとりとした口調で一枚の紙を差し出してきた。

「こちらにとっておきのレシピがございますわ」

同時に彼女の手首を飾っている腕輪が、シャラリと澄んだ音を鳴らす。

「レシピ？」

クリスティーネによって作業台の上に広げられたレシピを、ソウマはココと一緒に覗きこんだ。

「レシピなんてどうしたんだ？　お前だって料理しないだろう」

「ジンジャーを通じてこちらの厨房の管理者から渡されましたの。どうか火事だけはおこさないでくれと、泣いてらっしゃったらしいわ」

「あー……」

竜が料理をするために厨房を借りるなんて、もしかすると建国以来くらいに初めてのことかもしれない。

しかも自分たちは火竜。

料理に関する知識もなく、火加減だってどれくらいが適切なのかが分からない。

うっかり調理器具のひとつやふたつ駄目にするならまだ良い方だろう。

最悪厨房が無くなってしまうことを、管理者とやらは危惧《きぐ》しているらしい。

だからと言って国の王子の契約竜に異を唱えられるはずもなく。

話が流れに流れて、唯一止める術をもっていそうなジンジャーにまで辿りついたようだ。

「お菓子ならこれでお願いします、ですって。私まで手伝いをするようにジンジャーに言われてしまいましたわ」

「ん？　別に断れないわけでもないだろう」

「まぁ、暇でしたし。何をしでかすのか見物するのも楽しそうかしらと」

「おいおい」

「くりすもいっしょ？」

「ええ。ジンジャーの言うことには、私は竜術でブツを凍らせればよいだけのようですし」

「凍らせる？　ブツ？」

首を傾げながら、ソウマは作業台の上に置かれているレシピを目で追った。

一番上に一番大きく書かれている標題で、その意味を知る。

「お、アイスか」

「あいしゅ⁉」

ココの顔がとたんに輝いた。

「あいしゅで無く、アイス。アイスクリームだ」

「ココ、あいすすき！」

「私も人の食べ物の中では好きな部類に入りますわ」

「アイスなんて、作れるものなのか？　えーっと、どれどれ……」

ソウマはいくつかの項目に挿絵とともに書かれた文字をざっと流し読みした。

「卵に牛乳、と砂糖……」

三つの材料を、分量を間違えずに混ぜて冷やしてまた混ぜれば出来あがり。

火を使う場面は一つもなし。難しい調理器具を使うこともない。

読む限り料理に不慣れなソウマでも理解できる手順だ。

さらに水とともに氷も操ることのできるクリスティーネが居れば冷やすことも一瞬でできる。

食感や美味しさを追求するならばこれだけでは足りないのだろうが、どうやら初心者用にとことんまで工程が簡素化されたレシピのようだった。今の状況に非常に合っている。

「何だ、簡単じゃないか」

「あいす！　つくれる？」

「おう。いけるいける。いけそうな気がする！」

――――どうしてこうなった。

「おかしい。おかしいだろう。混ぜて冷やして混ぜれば出来あがり！　な、簡単お手軽料理だったはずだ！　そう書いてあるじゃないか！　ここに！」

ソウマが吠《ほ》える。

「うわーん！　ここのあいすー！」

ココが泣く。

「あらあらまぁまぁ」

クリスティーネは微笑を湛えながらも、出来あがったものから目をそらした。

完成し、椀の上に盛りつけられたそれは、緑色だった。

材料は卵と牛乳と砂糖しか使っていない。だから色がつくならば白か黄色になるはず。

自分たちは文字通り、混ぜて冷やして混ぜただけだ。しかもなんとなく香りも鼻に刺激的だ。

「色が少し予定と変わってしまっただけでしょう？　まぁ、形もなんだか変な突起が出ていて余り見ない風貌になっていますけれど」

クリスティーネが口元に手を当てて微笑みながらそんなことを言う。

「いや……、でもなぁ」

「こんなの。……おいしそうじゃないよ……」

「ココ？」

器の中のものを見つめていたココが、肩を落として俯き、小さく呟いた。

元気を無くした姿に慌ててしゃがみ、その顔を覗きこんだソウマの眉がぐっとひそめられる。

「っ……ココ」

ココの頬は涙でぬれていて、それはさっきまでの騒ぐような泣き方ではなく。

本当に悲しそうに、小さくしゃくり上げながら涙をこぼすココの姿に、ソウマは息をつめた。

この子のこんな泣き方、見たことがなかった。

「っ……しぇーらぁ」

ココの大きな赤い瞳から、絶えること無くほろほろと涙がこぼれおちる。

「よ、よろこんでっ、ほしかったたっ……、のにっ」

「ココ……」

「あ、らあらあら……」

母親であるシェイラに喜んで欲しくて、ココなりに一生懸命に頑張った。

分量を量るのも、まだ数字の読めないココには難しくて、材料を混ぜるのも小さな手では満足にいかなかった。

それでもソウマ達の助けを借りながら、自分でひとつひとつこなしていった。

それなのにこんな結果になってしまって。

悔しさと、そしてシェイラを喜ばせることが出来ないのだという落胆で、ココは泣いている。

手の甲でごしごしと目元をこする小さな子供の姿に、ソウマとクリスティーネは顔を見合わせた。

どうするべきかと。無言のままに揃って必死に頭を巡らせる。

「ひっ……、つ……」

クリスティーネが床へと膝をつき、自らの胸元へ涙を止める気配の無いココの身体を引きよせる。

赤い頭を撫で、背中をとんとんと優しく叩いて落ち着かせてやりながら、額に唇をおとした。

「大丈夫」

クリスティーネはとても自信満々に頷いた。

「シェイラはきっと喜んでくれますわ」

「ほ、ほんと?」

目を腫《は》らしたココが顔を上げ、希望の籠った目を向けた。

「ええ。大喜びに決まっていますわ。そうです、大切なのは見た目より味ですもの」

「あ、あじ！　そうだね！」

「え。いや、待て待て待て。ちょっと待て。どう考えても味もあやしいだろう！」

慌てたソウマがココとクリスティーネの間に手を差し入れ、彼らを静止する。

「あら、でも意外に美味しいかもしれませんわ」

「だったらお前が試してみろよ」

「私、こういう人間の食べ物は好みませんから」

「さっき好きだって言っていただろ！　……ったく」

確かにシェイラのことだから、ココが一生懸命シェイラの為を思ってつくったと言えば、本当に喜んでくれるだろう。

そしてあっさりと食べてしまいかねない。

この、緑色のものなんて入れていないのになぜか緑色になってしまったアイスでも、だ。

しかしこれを食べたあとの彼女はどう考えても無事では済まないだろう。

お腹を壊す程度で、済むかどうかも怪しいのだ。

そうなれば、ココはまた泣くし、ソウマだって恋人である彼女が苦しむ姿を見たくはない。

これをシェイラに差し出すことは、絶対に阻止しなければならない。

何よりこんな中途半端な状態で終わらせてしまうのは、気持ちが悪くて仕方がない。

（っつーか、自分がこんなに出来ないなんて思いもしなかったな）

赤い髪を掻きあげながら、大きく息を吐く。

ここまで料理が下手であることに、ソウマは確かにショックも受けていた。

「うーん……」

ちらりと横目で緑色のミルク味なはずのアイスを見てから、よし。と気合を入れて頷く。

「ココ、作りなおそう」

「え？」

ソウマは左手でぐっと拳を握り、右手でココの肩をぐっとつかんだ。

彼の赤い瞳は、やる気に満ちて燃えていた。

出来ない、という悔しさがソウマを逆に煽りたてた。

「雄《おとこ》たるもの、一度や二度の失敗で諦めるなんてしては駄目だろう」

「おとこ…………？」

「大丈夫だ。旨いアイスが出来るまで、何度だってやりなおすぞ‼　うおぉぉぉ‼」

「っ！」

突如立ち上がり、雄《お》たけびをあげたソウマに驚いて固まっていたココの顔が、しだいにきらきらと輝きだす。

そしてソウマの隣で同じように両手を振り上げ、雄たけびをあげ始めた。

「お、おぉぉぉ‼　やる！　ココもやるよっ‼」

「よし！　いい心意気だ！」

「……熱っ。いきなり気合が入りましたわねぇ」

やる気になった火竜達の周囲に火の気が強まってくる。

反する水の性質の竜であるクリスティーネが眉をしかめ、数歩距離をとった。

そんな彼女の嫌そうな顔になどまったく気づかずに、熱い雄《おとこ》達はますます燃えるのだった。


――しかし竜達は壊滅的に料理が駄目だった。

もう竜の纏う気や力のせいで食物が変な反応をしているのではと疑うくらいに駄目だった。

混ぜて冷やして混ぜるだけ。本当にそれだけの工程なのに。何故なのか。

「美味しいっ！　上手に出来たわね。ありがとう」

目標であったこの言葉と笑顔を貰えるのは、結局三日後のことだった。

竜の卵を拾いまして　1

＊本作は「小説家になろう」（http://syosetu.com/）に掲載されていた作品を、大幅に加筆修正したものとなります。

2014年11月20日　第一刷発行

著者 ……………………………… おきょう
©OKYO 2014
イラスト ……………………………… 池上紗京
発行者 ……………………………… 及川 武
発行所 ……………………………… 株式会社フロンティアワークス
〒173-8561　東京都板橋区弥生町78-3
営業　TEL 03-3972-0346　FAX 03-3972-0344
アリアンローズ編集部公式サイト　http://www.arianrose.jp
編集 ……………………………… 末廣聖深・堤 由惟
フォーマットデザイン ……………………………… ウエダデザイン室
装丁デザイン ……………………………… 東海林かつこ［next door design］
印刷所 ……………………………… シナノ書籍印刷株式会社